カミュ伝

JN067056

中条省平
Chujo Shohei

インターナショナル新書 078

まえがき

コロナ禍が世界を襲った二〇二〇年春以来、アルベール・カミュは時の人になりました。カミュが七〇年以上も前に発表した小説『ペスト』が、あまりに正確にパンデミック（感染症の爆発的蔓延《まんえん》）という天災の到来を予言しているように見えたからです。

カミュの『ペスト』は、病の不条理な出現に始まって、人々の根拠なき楽観と、権力者および官僚組織の無責任なことなかれ主義を根本的に批判し、伝染病が社会構造と人間心理に及ぼす大きな影響をじつに細やかに分析しています。まさに現在コロナ禍によって起こっている世界の変質と同じ現象を、感嘆すべき鮮やかさで描きだしているのです。

その結果、『ペスト』は世界中でベストセラーになり（もちろん日本でも）、コロナ禍への対処法を考えるための力づよい拠《よ》りどころとなりました。

私はコロナ禍前の二〇一八年にNHKの「100分 de 名著」という番組でカミュの『ペスト』を解説していたので、コロナ禍になってから、「『ペスト』とコロナ」というテーマで多くの原稿や講演を依頼されました。その執筆や談話をおこなうなかで、たしかに

『ペスト』はまるで今回のコロナ禍を予言しているかのように思えましたし、この災厄に対応するための無数のヒントをあたえてくれるすぐれた小説だと確信しました。しかし、それにとどまらず、読みなおせば読みなおすほど、人間と世界の本質に関する深い思考を刺激してくれる、世界文学史にも稀《まれ》な古典なのだ、という思いを強くしました。

そこからさらに進んで、いまから一一〇年ほど前にアフリカに生まれたフランス人であるアルベール・カミュという人間が、なぜ感染症の蔓延と闘う人間群像の物語を書かねばならなかったのか、そして、その小説『ペスト』にこめられた人間の思考の限界ともいえるような側面は彼の人生のどこから生まれてきたのか、いや、そもそもカミュの人生とはどのようなものだったのか、という問いへと導かれていったのです。

カミュは、当時フランスの植民地だったアルジェリアに生まれ、生後まもなく第一次世界大戦で父を失い、厳しい貧窮のなかで幼少年期を送りました。カミュの思想の核心にあるのは「不条理」という概念ですが、彼は子供のころから、この貧窮によって世界が不条理であるという事実を、観念としてではなく、まぎれもない現実として体に叩きこまれていました。カミュの思想は、本や学校で学ぶ知識から出発したのではなく、彼の生きる身体的現実として形づくられていったのです。

しかし、一方では、地中海の太陽と海が、カミュの人生に限りない富を注いでくれました。その無償のエネルギーの贈与もまた、世界の不条理の例外的な表れというべきものかもしれません。カミュにとって、地中海という場所は、終生、彼の思想を育む母胎となり、彼の魂の故郷でありつづけました。

とはいえ、基本的に世界の不条理は人間にたいして否定的に作用します。カミュの場合でいえば、青年期には肺結核に罹患《りかん》して、その後ずっと、つねに自分の死を意識することになります。また、社会に出て新聞記者となってからも、植民地支配の残酷さを告発したため、新聞記者の職を解かれ、祖国アルジェリアから追放されることになります。さらに、アルジェリアからフランスに移ったのち、わずか数カ月でフランスはナチス・ドイツに蹂《じゅう》躙《りん》され、カミュはファシズムへの抵抗運動に入ることを余儀なくされます。貧窮、死の病、祖国からの追放、ファシズムの脅威。カミュの前半生は、不条理との闘いの連続だったのです。

本書は、そのようなカミュの人生をたどりながら、そこから生みだされた文学の、深く、多様な側面を探っていく試みです。読者のみなさんには、カミュの人生の波瀾万丈に目を瞠《みは》りながら、その文学の途方もない豊かさと面白さとを発見していただければ幸いです。

目次

※本文中におけるフランス語と英語の文献から引用した部分の翻訳で記載がないものは、すべて著者によるものです。

第一章　アルジェの青春
――太陽と死の誘惑

「黒い足」をもつフランス人

アルベール・カミュは、一九一三年一一月七日、アルジェリアのモンドヴィ（現ドレアン）に生まれました。

モンドヴィは、中心都市アルジェから四〇〇キロ以上離れたアルジェリア東端の、チュニジアとの国境近くに位置する地中海沿岸の町です。この町のそばには大きなブドウ畑とワインの醸造工場があり、アルベールの父親リュシアンは、そこでワインの樽詰め職人として働いていました。

当時、アルジェリアはフランスの支配する植民地であり、アルジェリアに住むフランス人は「ピエ・ノワール（黒い足）」と呼ばれて、本国に暮らすフランス人よりも一段地位の低い国民と見なされていました。

　アルベールが生まれて約九カ月後に、第一次世界大戦が勃発します。父親のリュシアンはただちにアルジェリア歩兵部隊に徴用され、軍事輸送船で運ばれてヨーロッパの前線に動員されます。そして、第一次世界大戦でも激戦として知られる北フランスでのマルヌの戦いに参加して、頭部を負傷し、なぜかはるか遠いブルターニュ地方のサン＝ブリューの病院まで送られ、一〇月一一日そこで死亡しました。もちろん、父リュシアンの遺体が故郷のアルジェリアに帰ることはなく、未亡人となった妻カトリーヌのもとには、夫の頭蓋《ずがい》から取りだされた砲弾の破片が送られてきました。こうして、アルベール・カミュは生後一一カ月にして、父親を失ったのです。

幼少期のカミュ（4歳）。フランス領アルジェリア、アルジェにて。

　夫を亡くしたカトリーヌは、赤ん坊のアルベールと、アルベールより四歳年上の長男リュシアン（父親と同名）を連れて、アルジェの実家に帰りました。この家は、アルジェの下町、主に労働者階級の住むベルクール地区のリヨン通りにあり、アラブ人街とも接していました。実家にはカトリーヌのふたりの弟、エティエンヌとジョゼフも同居しており、エティエンヌは甥《おい》のアルベールを可愛がりました。エティエンヌ叔父はカミュの小説に姿を変えて何度か現れますが、とくに未完の遺作『最初の人間』（一九九四年初刊）では、アルベール少年にとって父親代わりになった人物として活写されています。

しかし、この一家を支配したのは、カトリーヌの実の母親、つまりアルベールの祖母でした。祖母は気性の激しい女で、幼い孫のアルベールたちにしばしば革の鞭《むち》をふるいました。

沈黙の象徴——母カトリーヌ

アルベールの母親カトリーヌは家政婦の仕事をして生計を支えましたが、祖母に頭が上がらず、祖母があまりにひどく孫たちを打擲《ちょうちゃく》すると、「頭だけはぶたないで」と力なく抗議したといいます。カトリーヌは生まれつき難聴で、唇の動きを読むことはできましたが、読み書きもできず、極端に受動的な性格でした。しかし、この母親の姿は、幼いカミュの記憶のなかに深く刻みこまれ、生涯、人生の苦しみを沈黙のなかで耐えしのぶ人間像の原型として、彼のなかでひそかに生きつづけます。

カミュが世界中に名を轟《とどろ》かせた傑作小説『異邦人』(一九四二年)は、「きょう、ママンが死んだ」(窪田啓作訳)という有名な一句で始まりますが、そうカミュが書いたとき、もちろんカミュの母親は生きていましたし、結局、彼女は息子よりもすこしだけ長生きして、息子と同じ一九六〇年にアルジェで亡くなることになります(享年七七)。カミュが『異邦人』の冒頭で主人公ムルソーの母親を死なせたことには、子供のころ母親に何もしてやれなかったというカミュの痛恨と罪悪感がひそんでいるように思われます。

しかもカミュは、母親の受苦と沈黙についてエッセーなどで何度も言及しながら、ついに一度も自分の小説のなかでは、正面から母親の姿を描きだすことがありませんでした。青年期に書いた自伝的短編「肯定《ウィ》と否定《ノン》のあいだ」(短編集『裏と表』一九三七年所収)の次の文章が、そのほとんど唯一例外的なものなのです。この短編の語り手「僕」は、幼年時代の自分を「彼」として回想します。

「母のまわりで、夜が濃くなった。その闇のなかで、母の無言は癒やしがたい悲嘆の色を帯びている。[…]だが彼は、この[母の]動物のような沈黙を前にして泣くことができない。彼は母に憐《あわ》れみを感じているが、それは彼女を愛していることになるのだろうか?母はこれまで一度も彼をやさしく愛撫したことがなかった。というのも、母はそうすることを知らないからだろう。だから彼はそこに長いこと立ちつくし、母を見つめているほかない。彼は自分をまるで他人のように感じ、その苦しみを意識する。だが、母に彼の立てる音は聞こえない。彼女は聾《ろう》なのだ。[…] たしかに、彼は母に一度も声をかけたことがなかった。だが、実際どうしてそうする必要があるだろう? 黙っていても、ことは明らかになるからだ。彼は彼女の息子で、彼女は彼の母なのだ。母は息子にこういえばいい。
『分かってるわね』」

沈黙がもつ絶対的な力への確信と希求

はるかのち、一九六〇年にカミュが交通事故で急死したとき、車の残骸に交じって、近くの畑の土のなかから、牛革の鞄《かばん》が見つかりました。その鞄には、カミュの最後の長編小説『最初の人間』の書きかけの原稿が入っていたのです。そこには、こんな一節が残されていました。

「理想としては、この本が初めから終わりまで母に宛てて書かれたならば——そして、最後になってようやく、読者がこの母は字が読めないことを知るならば——そうだ、それこそ理想的だろう。[…] また、彼がこの世でいちばん切望していたのは、彼の人生と肉体がどんなものだったか、それを母が完全に読みとることだった。だが、そんなことは不可能だ。彼の愛、彼が唯一愛したものは、永久に無言のままをとおすだろう」

カミュは人生の始まりにおいて、母親との交わりをとおして、こうした言葉の無力、交流の不可能性を痛感し、しかし、それにもかかわらず、沈黙がもつ絶対的な力への確信と希求を養いました。そして、その相反するふたつの思いは、生涯を通じて、彼の文学の通奏低音をなしていました。このことをまずは強調しておきたいと思います。故郷アルジェを出たあとも、カミュはおりに触れ、母と会うためにアルジェに戻りました。それなのに、最初の短編集『裏と表』のあと、母の姿はカミュの小説からほとんど消えてしまいます。

しかし、カミュが自分の小説のなかに母の姿を書きこみたかったという思いは、おそらく最後まで消えませんでした。『裏と表』が再版（一九五八年）されたとき、カミュはそれに序文を寄せてこんなふうに記しているからです。

「この再版のため、長い年月ののちに『裏と表』を読みなおしてみると、その何ページかを前にして、その稚拙《ちせつ》さにもかかわらず、私は本能的に、これこそ本当なのだと分かる。本当というのは、この本に出てくる老女であり、沈黙するひとりの母であり、貧困であり、イタリア原産のオリーヴの木々に差す光であり、孤独だが人々にむかう愛だ。これらはすべて、私のこの目に真実を証《あか》すものだ。［…］もし私が、多大な努力を注いで、ひとつの言葉を作りあげ、いくつかの神話を再生させ、いつの日か『裏と表』をふたたび書きなおすことができなければ、私は結局何ものにも到達しないことになる。それが私の漠然とした確信だ。何があろうとも、私はその試みに成功することを夢想し、さらにこの作品の中心にひとりひとりの母の讃嘆すべき沈黙を置いて、この沈黙に釣りあう正義や愛を見つけるためのひとりの男の努力を描こうと思いつづけるのだ」

カミュは未完の遺作『最初の人間』で、自分の幼年期を詳細に描きだそうとしましたが、もしかしたらこの書物が、『裏と表』再版の序文でカミュが想像している幼年期の経験の書きなおしになる予定だったのかもしれません。とはいえ、『最初の人間』の残された草稿を見るかぎり、主人公の母は、カミュの実在の叔父と同じ名前をつけられた主人公の叔父と比べても、曖昧な、影の薄い人間としてしか描かれていません。文学とは沈黙を破ることです。それゆえ、カミュにとって沈黙を守る母とは、文学の根源的な条件に懐疑を突きつけ、世界と人間の不可解さへの純粋な畏怖《いふ》を凝縮するような存在になっていたのでしょう。

困窮のなかの歓喜

それはともかく、カミュの幼年期が貧困だったことは否定できません。しかし、カミュはその経験から怨恨《えんこん》をひき出すことはありませんでした。そこには、カミュにとって幼年期のもっとも重要な生の源泉である自然の力、とくに「太陽」があったからです。同じ『裏と表』再版への序文でカミュはこう書いています。

「貧しさは、最初、私にとってけっして不幸ではなかった。そこに光が豊かな富を降りそそいでいたからだ。私の反抗でさえも、この光に照らされていた。[…] 太陽は私に、歴史がすべてではないと教えてくれた。人生を変えること、そうだ。しかし、それは、私が崇拝している世界を変えることではない。[…] いずれにしても、私の幼年期を支配していたあの美しい熱が、私からあらゆる怨恨を奪いさった。私は困窮のなかで生きていたが、同じく一種の歓喜のなかでも生きていた。私は、自分に無限の力を感じていた。[…] アフリカでは、海と太陽に金はいらない」

ここで「歴史」の一語が唐突に出てくるのは、カミュが、歴史とともに人間は進歩するという考えかたを嫌っているからです。原初の太陽の光に照らされて、無条件で生の喜び、生の力を感じるとき、未開人にも文明人にもけっして優劣は存在しないのです。「私が崇拝している世界」というのは、キリスト教的な一神教の秩序に支配される前の、ギリシア・ローマ的、あるいは、カミュの言葉を借りるなら、「地中海」的な汎神論の世界を意味しているのでしょう。

小学生のカミュはゴールキーパーを得意とするサッカー好きの少年で、学業もきわめて優秀でした。ところが、家庭の貧窮ゆえ、リセ（中学・高校）に進むことは不可能でした。しかし、カミュは師に恵まれていました。小学校の教師だったルイ・ジェルマンが、カミュの家を訪れ、アルベールは奨学金をもらってリセに進学すべきだと家族を説得しようとしたのです。しかし、一家に強権をふるう祖母は、当然この家ではみんなが働かなければならない、と孫の進学に反対しました。ところが、普段は祖母のいいなりになる母のカトリーヌが、長男リュシアンが働いて家計を助けるのだから、弟のアルベールのほうは勉強を続けさせたいと主張したのです。いつもは何もいわないカトリーヌの珍しく反抗的な態度を見て、ついに祖母も譲歩したのでした。

カミュはこのジェルマン先生への恩義を一生忘れず、のちにノーベル文学賞を取って、スウェーデンでの受賞演説をまとめて出版したとき（一九五八年）、その小冊子を「ルイ・ジェルマンに」捧げています。

バカロレア準備クラスの教師、仲間たちと。後列右からふたりめがカミュ。

カミュはジェルマン先生の期待に応えて、勉学に精を出して首席の成績を確保し、ジェルマン先生のほうも毎日、長時間の補習をおこないました。その結果、カミュはリセ進学のための奨学生試験に合格し、アルジェ市内の遠方にあるリセに路面電車を使って通学することになります。

このリセでの大きな出来事は、バカロレア（大学入学資格試験）の準備クラスで、哲学教師のジャン・グルニエと出会ったことです。グルニエは当時三二歳でしたが、フランスの名門出版社であるガリマール社ともつながりをもち、のちには独自のポエジーに満ちた哲学エッセーの著者として知られることになります。グルニエはまもなくカミュの才能を見抜き、ここから、カミュの生涯にわたる深い精神的な師弟関係が始まることになります。じっさい、カミュの最初の短編集『裏と表』は「ジャン・グルニエに」捧げられています。

死の病・結核の影

しかし、グルニエと出会ってまもない一九三〇年の末、一七歳になったばかりの青春のさかりに、カミュは深刻な肉体的危機に見舞われます。突然、喀血《かっけつ》したのです。それまで咳《せ》きこんだり、気を失ったりという徴候もあったのですが、周囲の人々はそれをせいぜい大好きなサッカーのやりすぎくらいに考えていました。しかし、喀血の原因は、結核でした。この恐ろしい病は、カミュにとって一生続く宿痾《しゅくあ》となります。この病歴のせいで、結局、大学やリセでの教員資格を取ることができませんでしたし、いっぽう、第二次世界大戦に際しては兵役を免除されることにもなります。このころ、結核の特効薬ストレプトマイシンはまだ開発されていなかったので、結核は死に至る病と見なされていました。カミュはほとんど人生の出発点である思春期から、自分の死を意識するようになったのです。

カミュの最初の本である『裏と表』が周囲にいる人間たちに焦点を当てた短編集であるのにたいして、続いて発表された第二短編集『結婚』（一九三九年）は、アルジェリアの強烈な風土に触発された抒情的な作品を収めています。そのなかで「ジェミラの風」というエッセーふうの作品には、次のような一節が見出せます。ジェミラとは、アルジェの東方三〇〇キロの高地にある荒涼たる古代ローマの廃墟の町です。

「ひとりの若い男が世界を正面から見すえている。彼には死と虚無の観念を磨く時間がなかった。にもかかわらず、その恐怖を噛みしめたのだ。これが青春というものなのだろう。死とのこの厳しい対面、太陽を愛する動物のこの肉体的な恐怖」

太陽が生の無条件の肯定を表すシンボルだとしても、太陽のもとでは、逆に、その太陽の否定である死と虚無の観念がつねに暗い姿を現すのです。これが、カミュの思春期から培われた世界の根源的なイメージといえるでしょう。

しかし、結核の発病はただちに死の危険に結びつくものではありませんでした。ここでもカミュは幸運だったといわなければなりません。結核の療養生活を送るにあたって、貧しい実家を出て、アルジェ市内で一番といわれる精肉店を営むギュスターヴ・アコー叔父の家で生活することができたからです。アコー叔父は、カミュの母の妹であるアントワネットと結婚していたのです。子供のいない叔父夫婦は、頭のよい甥のカミュをひどく大事にし、将来は高校の教師にしてやるか、もしくは、自分たちの精肉店の跡継ぎにすることまで考えます。

アコー叔父はアルジェの中心街で精肉店を営むかたわら、アナーキストを自称し、フリーメーソンの集会に通い、シャルル・フーリエやヴィクトル・ユゴーやエミール・ゾラなど社会主義的な作家の書物を愛読するなど、保守的伝統に逆らう知的な人物でもありました。カミュはこの叔父の豊かな書棚でさまざまな思想家や作家に親しみ、叔父といろいろなテーマについて議論をおこないました。しかも、ここは大きな精肉店ですから、当時、結核に対抗する最善の方策と考えられていた食餌《しょくじ》療法をおこなうことができました。血の滴《したた》るような生肉やステーキを毎日のように食べられたのです。

そのかいあってか、カミュは一年ほどでリセに復帰し、グルニエ先生と再会します。そして、本国フランスのパリにある文科系最高の名門、エコール・ノルマル・シュペリユール（高等師範学校）を受験する準備クラスで勉強をするようになります。

しかし、同時にカミュは文学と哲学にも大いなる興味を注ぎ、とくにアンドレ・ジッドの作品を愛読します。

ジッドがフランスでの厳しいキリスト教道徳による抑圧に苦しめられ、アルジェリアはじめ北アフリカに赴くことで精神と肉体を解放し再生させたことは、彼の小説『地の糧』

（一九五二年）にくわしく書かれています。『地の糧』の読書をカミュに勧めたのは、宗教的権威を嫌うアコー叔父でした。しかし、北アフリカに育ったカミュは、なまじその土地をよく知るだけに、最初は『地の糧』に抵抗を示しました。しかし、結核のせいで読書に耽《ふけ》るようになって以来、『地の糧』をじっくりと再読し、今度は大きな感銘を受けて、それ以降は、ジッドが自分の青春を支配したとまで断言しています。ジッドの『地の糧』には、新たな人生の再出発を決定づける輝かしい光が満ちているからでしょう。

はるかのちの話になりますが、カミュとジッドはひとつ屋根の下で暮らすことになります。第二次世界大戦の最中、ジッドは戦火を避けて南仏や北アフリカを点々としていたのですが、カミュは、ガリマール社の仲介で、ジッドが不在のパリの住居に隣接する一室に住んだのです。ジッドが北アフリカからフランスに帰ってきたのちは、隣人としての付きあいを続け、第二次世界大戦の終結を告げるニュースを、カミュとジッドはいっしょにラジオの前で聞いたのでした。

シモーヌ・イエとの結婚

さて、アルジェリア時代のカミュに戻りましょう。一九三三年の秋、一九歳のカミュは、結核による健康の不安からパリのエコール・ノルマル・シュペリユールへの進学を断念し、アルジェ大学の文学部に進み、大学でも講義をもっていたジャン・グルニエの授業などに出席します。

大学に入学する前から、カミュはシモーヌ・イエという女性と付きあっていました。シモーヌは赤みがかったブロンドで、ほっそりとひき締まった肢体に、最新ファッションの衣服を纏《まと》った美女で、まわりの青年たちからは大いにもてはやされていました。しかし、保守的な大人たちから娼婦まがいの女という中傷も受けるような派手な女性でした。シモーヌははじめカミュの友人マックス＝ポール・フーシェの恋人だったのですが、シモーヌと出会って夢中になったカミュが、彼女をフーシェから奪って自分の恋人にしてしまったのです。

シモーヌはすでに父を亡くしていましたが、母のマルトはアルジェで眼科医として確かな評判を得て、別の男性と再婚して、裕福な暮らしをしていました。しかし、シモーヌには重大な欠点がありました。激しい生理痛を和らげるため、医者である母マルトがシモーヌにモルヒネの注射をしたせいで、モルヒネ中毒になってしまったのです。シモーヌは母の薬のストックを漁《あさ》り、それがなくなると処方箋を偽造したばかりか、モルヒネを手に入れるために町の若い医者たちを誘惑するという噂《うわさ》さえ立つようになっていました。

しかし、この欠点はむしろ若いカミュをシモーヌに引きつける要因にもなりました。カミュは、精神的な弱みを抱えて苦悩する若い女性を庇護するという、恋人をこえる人間的な役割を自分に見出したのかもしれません。

これまでカミュを可愛がってきたアコー叔父は、この危険な女の出現に怒りを隠さず、カミュと口論になりました。その結果、カミュはアコー叔父の家を出て、兄のリュシアンの家に転がりこみます。カミュはいっとき学業の継続すら危ぶまれる状態に陥りながら、ついに重大な決断を下します。一九三四年六月、アルベール・カミュとシモーヌ・イエは正式に結婚したのです。シモーヌはまさにジューン・ブライドになったわけです。新郎は二〇歳、新婦はまだ一九歳でした。当時の法律では二一歳が成人年齢だったので、婚姻届にはアルベールの母であるカトリーヌ・カミュの同意が記載されています。

この結婚にもっとも好意的だったのは、シモーヌの母マルトでした。新婚夫婦の経済的援助をひき受け、アルジェの高台にある別荘ふうの家をふたりのために用意してやりました。いっぽう、シモーヌを嫌っていたアコー叔父も正式に結婚したことで彼女を甥の妻として認め、購入してあった一四馬力のシトロエンをカミュ夫婦に贈ったのです（ただし、週のうち一日は、カミュの叔母であるアントワネット・アコーがこの車を使うという条件つきでした）。

また、カミュは母に、結婚祝いのプレゼントは何がいいかと聞かれて、白い靴下が一ダース欲しい、と答えました。人前でお洒落をとおしたカミュは、白い靴下しかはかなかったのです。カミュのダンディとしての一面を物語るエピソードです。

共産党への入党

結婚後、カミュの身辺はにわかに慌ただしくなります。彼の活動はふたつの社会的領域に広がりを見せました。政治と演劇です。

政治的意識の発露として、カミュは共産党に入党しました。この決意にいちばん大きな影響力をあたえたのはリセ以来の友人で、パリの大学に進学したフレマンヴィルでした。彼はひと足先に共産党に入り、パリの共産党本部の直接の意向に基づいて、カミュにアルジェでのイスラム教徒へむけた共産主義の宣伝活動を担わせようとしました。また、哲学教師のジャン・グルニエもカミュが共産党に入ることに賛意を示しました。

しかし、カミュは共産党入党後も、直接的な政治活動にはあまり熱心にならず、むしろ、その周辺での演劇や文化的な活動に力を注ぎました。そして、イヴ・ブルジョワなど演劇仲間といっしょに「労働座」というアマチュア劇団を結成し、こけら落としとして、敬愛するアンドレ・マルローの小説『侮蔑の時代』（一九三五年）をみずからの手で脚色し、舞台にかけます。

また、同志たちとの集団制作の戯曲として、一九三四年にスペインで起こった鉱員たちの反乱の戦い、そして政府軍による鎮圧を描く『アストゥリアスの反乱』を創作し、上演を企画します。この戯曲は仲間三人との共同執筆ではありますが、全体の仕上げはカミュがおこないました。しかし、上演にたいして極右派のアルジェ市長がホールの貸しだしを拒否し、事実上の上演禁止にしてしまいます。カミュたちに残された手段は、この戯曲を印刷し、本として売りだすことでした。その本の序文には次のような一節が見られます。

「この戯曲が描きだすように、行動は死に至ることによって、人間に特有の偉大さのある種のかたち、すなわち、不条理性に触れることになるのだ」

ここには、のちにカミュが小説『異邦人』と哲学エッセー『シーシュポスの神話』（一九四二年）で縦横に展開する「不条理」の主題が最初の萌芽を見せています。闘いと死と不条理。この戯曲にはカミュの文学の根本的なテーマが浮かびあがっているわけです。

この『アストゥリアスの反乱』の三人の共作者のなかにジャンヌ・シカールという女性

がいます。カミュが共産党に入党させた娘で、本心から気を許せる女性の友人でした。また、カミュの誘いに従ってジャンヌといっしょに共産党に入ったマルグリット・ドブレンヌという女性もカミュの親友となりました。このふたりとカミュの三人組はあるとき、アルジェの高台に貸家の貼り紙を見つけてその家を気に入り、ジャンヌとマルグリットはその二階を借りて住むことにしました。すでに結婚していたカミュもこの家を友人たちの集いの場とすることに賛成しました。

この家は家主の名前を借りて「フィッシュ屋敷」と呼ばれましたが、カミュの未完の長編第一作で死後出版された『幸福な死』(一九七一年)のなかでは、「世界をのぞむ家」という名前でモデルにされています。フィッシュ屋敷には、のちにクリスティアーヌ・ガランドというタイプ打ちを得意とする女性が加わり、彼女はカミュの書いたものをタイプで清書原稿に仕上げていきました。『幸福な死』のなかにクリスティアーヌはカトリーヌという名で登場し、太陽の光に全裸の体をさらす、無垢《むく》で無頓着な、原初の楽園のイヴのような女性として描かれています。『幸福な死』の「世界をのぞむ家」に描かれた三人の女性と主人公メルソーとの共生のさまは、カミュが書いた全作品のなかでもとくに際だった、人間が男女の区別なく自然と調和する、いささか美化されすぎた、しかし、読む者を感動させずにはおかない青春のユートピアの様相を呈しています。

しかし、「世界をのぞむ家」を離れたカミュの生活には、それとまったく対照的な陰惨さが影を落としていました。妻のシモーヌとの関係です。シモーヌのモルヒネ中毒は治癒するきざしが見えず、カミュとの仲もしっくりといかなくなっていたのです。

シモーヌとの別れ

一九三六年、二二歳のカミュはついにアルジェ大学に哲学の高等教育修了論文を提出し、修了証授与に値すると認定されます。審査した教授には、恩師で作家のジャン・グルニエも含まれていました。論文の表題は「キリスト教形而上学とネオプラトニズム」。古代ギリシア哲学とキリスト教神学の対立と融合をテーマにした長編です。ここで主に扱われるのは、新プラトン主義の創始者プロティノスと、キリスト教神学の基礎を築いたアウグスティヌスですが、このふたりは、ともにカミュと同じ地中海沿岸のアフリカ生まれなのです。その点から、カミュの関心は厳密な哲学・神学的議論にではなく、キリスト教支配下のヨーロッパ世界における「地中海」的精神の可能性を考えることにあった、と推察することもできるでしょう。

おりもおり、友人で演劇仲間のイヴ・ブルジョワが、カミュとシモーヌの夫妻に、カヌーで川を下りながら中央ヨーロッパをめぐる旅に出ることを提案してきます。これはカミュにとって人生最後の夏休みになるでしょうし、シモーヌのモルヒネ中毒で暗雲のたちこめていた結婚生活をふたたび明るい方向にむける絶好の機会になるとも思われました。

同年七月、三人はアルジェを発って、船旅でフランスのマルセイユにむかいました。鉄道でマルセイユからリヨンに行き、さらにスイスを経由してオーストリアに入ります。そして、チロル地方の中心都市であるインスブルックからカヌーによる川下りが始まりました。ついで、モーツァルトの生まれ故郷として音楽祭で有名なザルツブルクに赴きましたが、ここで重大な事件に見舞われます。

旅の最中、カミュは友人たちとの連絡を絶やさぬために、各地の局留めで彼らから手紙を受けとれるようにしていたのですが、ザルツブルクの郵便局で受けとった手紙のなかに妻のシモーヌ宛ての一通が交じっていたのです。アルジェに住むある医師からの手紙で、怪しいと直感したカミュはその手紙を開封しました。するとそこには、医師がシモーヌにモルヒネを供給していた事実と、その医師と妻が愛人関係にあることが明かされていました。シモーヌが体を提供することで医師たちからモルヒネをもらっていたという噂は本当だったのです。

カミュは大きな衝撃を受け、シモーヌと別れることを決意します。しかし、三人での旅は続行することにし、イヴとシモーヌがカヌーで川下りをするあいだ、自分は鉄道で同じ旅程をたどりました。こうして、三人はオーストリアからチェコスロヴァキアに入りましたが、カミュはイヴと妻よりも先にプラハに到着してしまい、ここで孤独な四日間を過ごすことになります。この陰鬱《いんうつ》きわまるプラハの心象の記録は、『裏と表』の「魂のなかの死」という短編に残されていますが、妻の裏切りと自分の苦悩については、ほんのわずかな示唆さえも見られません。言葉にすることがあまりにもつらかったからでしょう。

さらに三人は、ドイツのドレスデン、オーストリアのウィーン、イタリアのヴェネツィアなどを経て、フランスのマルセイユに行き、そこから船旅でアルジェに戻りました。

シモーヌは母マルトのいる実家に戻り、モルヒネ中毒の療養生活に入ります。そして以後、カミュとシモーヌがいっしょに暮らすことは二度とありませんでした。

それでも、カミュはおりに触れてシモーヌに援助の手を差しのべ、彼らが正式に離婚するのは四年後のことになります。カミュがフランシーヌ・フォールと再婚することになり、シモーヌとの離婚がどうしても必要な手続きになったからです。

第二章　闘う新聞記者
——現実へのコミットメント

愛猫カリとギュラの魂

一九三六年九月、二二歳のアルベール・カミュは、二カ月近いヨーロッパ旅行からアルジェに帰着します。この旅で、彼は妻シモーヌの不貞の証拠である手紙を発見し、シモーヌと別れることを決意していました。

その一方で、アルジェの高台に借りたフィッシュ屋敷での友人たちとの共同生活は続いていました。すでに言及したように、カミュはこのフィッシュ屋敷を「世界をのぞむ家」と名づけ、ジャンヌ・シカールとマルグリット・ドブレンヌというふたりの女友だちと友愛に満ちた生活を営んでいたのです。ここに、クリスティアーヌ・ガランドという女性が加わります。クリスティアーヌはカミュの前でも全裸で日光浴をするなど開放的な女性でした。さらに、この「世界をのぞむ家」には、もうひと組、重要な住人がいました。猫のカリとギュラです。

カミュが未完のまま中絶し、死後一一年経って出版された小説『幸福な死』には、「世界をのぞむ家」での主人公と女友だちとの共同生活が描かれています。この小説では女友だちは三人とも虚構の名前に変えられていますが、猫のカリとギュラはそのまま実名で出てくるのです。カミュは生涯を通じて猫とともに暮らした愛猫家ですが、その猫の文学的原型は『幸福な死』のこのカリとギュラという二匹の猫に見られます。カリはやさしく愚直な白い牡猫《おすねこ》で、いつもみんなから悪戯《いたずら》されており、ギュラはやせた神経質な牝猫《めすねこ》で、突然、影と取っ組みあうように暴れたりします。

「猫たちは昼間はずっと眠っていて、一番星から夜明けまでの時間を好む。身体の悦楽が彼らを苛《さいな》み、眠りは内にこもっている。彼らはまた、身体も魂をもつことを知っている。その魂は、われわれの考える魂などとなんの関わりももたないものだ」

キリスト教信仰において魂という言葉が発されるとき、そこでは人間だけが魂をもち、来世での救済に値するという考えが前提とされています。しかし、カミュは猫たちの人間よりも自由な行動を見て、そうした人間中心主義的思考が誤りであることを見抜いています。猫には猫の魂がありますが、それは人間の魂とはまったく異なるものなのです。カミュの思想の根底には、こうした自然の事物や動物を虚心に見つめることによって、人間を相対化するまなざしが存在しています。この相対化の視線によって、人間からいっさいの特権を剝奪し、世界と人間の無意味を直視する「不条理」の思想が生まれることになります。

カミュが「世界をのぞむ家」に暮らす二匹の猫にカリとギュラという名前を付けたのは、もちろん、紀元一世紀のローマ皇帝カリギュラからの発想です。ちょうどこのころ、カミュはスエトニウスの『ローマ皇帝伝』を読んで、狂気の独裁者としての伝説で名高いこの人物に魅せられ、『カリギュラ』(一九四四年)という戯曲の執筆を構想しはじめていたのです。のちに触れますが、カミュが「仲間座」という劇団を組織したときも、自分でこのカリギュラの役を演じようと考えていました。

このころ、カミュは共産党の影響下でアルジェ文化会館の創立に尽力し、その事務局長になっていました。そして、その活動には、文化会館の機関誌「若き地中海」を編集して、古代ギリシアとローマとアフリカの文化遺産を統合して現代に継承し、地中海文化の発展を推しすすめる言論活動が含まれていました。また、一九三八年には、仲間たちと「地中海文化誌」という副題をもつ雑誌「リヴァージュ(沿岸)」を創刊し、編集にあたります。

演劇と恋愛

しかし、こうした文化活動のなかでカミュがもっとも力を入れていたのは、演劇でした。すでに一九三五年に、友人のイヴ・ブルジョワやジャンヌ・シカールと「労働座」という劇団を結成したことは前章で触れましたが、その活動も続いていました。もちろん、演劇で食べていくことはできず、この時代のカミュはほとんど定職にも就いていなかったのですが、一年契約で「アルジェ・ラジオ局」に雇われて、その劇団に入り、ローカル局でラジオ劇を上演したり、地方の町を巡回して公演をおこなったりしていました。そんななかで労働座の取りあげた演目に、プーシキンの『ドン・ジュアン（石の客）』（一八三〇年）があり、カミュ自身が主役のドン・ジュアンを演じました。

カミュは、最初の妻シモーヌとの波瀾を含んだ結婚生活の前後に、年上の貴婦人でアマチュア飛行家のマリー・ヴィトンをはじめ、「世界をのぞむ家」に暮らす開放的なクリスティアーヌ・ガランド、さらにはリュセット・ミュレールや、イヴォンヌ・デュケイラーといったさまざまな女性たちとの付きあいがありました。つまり、カミュ自身いわゆる「ドン・ジュアン（ドンファン）」的な自由恋愛家であり、自分のそうした性向を否定していませんでした。そして、のちには『シーシュポスの神話』のなかで、ドン・ジュアンという人間像がもつ哲学的な意味について思索をおこなっています。

ドン・ジュアンは女を次々に愛するが、それではけっして満たされない。それがドン・ジュアンの不条理だとカミュはいうのです。

「ドン・ジュアンはごく普通の誘惑者だ。ただし、そのことを意識しているという一点において普通の誘惑者とは異なり、それゆえ彼は不条理な存在なのだ。［…］ドン・ジュアンが行動化するのは量の倫理であり、質を目標とする聖人とは正反対である。事物の深い意味を信じないことが、不条理な人間の特質なのだ。彼は、熱っぽく魅了された女たちの顔を遍歴し、収穫し、焼きつくす。彼は時間とともに歩む。不条理な人間とは、時間から離れることのない人間だ」

つまり、この理屈っぽい言葉でカミュがいいたいことは、永遠の愛という、空虚な、ほとんど宗教的といってもいい観念への本能的な忌避なのです。聖人は永遠の愛を求めるでしょう。しかし、愛は時間とともに変質します。凋落《ちょうらく》し、色褪《あ》せます。その不条理を直視するかぎり、ドン・ジュアンは愛を量的に収穫し、消費するほかない。それが、カミュのいうドン・ジュアンの「量の倫理」ということです。なんだか女たらしの自己弁護のようにも聞こえますが、それだけではありません。

「ドン・ジュアンにとって重要なのは、明るく見きわめるということだ」

この「明るく見きわめる」というのは、宗教的な考えから離れて現実を直視することであり、のちの『ペスト』（一九四七年）で主人公のリュー医師が強調する倫理的な姿勢でもあるのです。カミュの考えるドン・ジュアンも、ただの漁色家ではなく、倫理を探求する人間なのです。

「不条理な人間はここでもまた統一できないものをふやす。こうして彼は自分を解放すると同様に、すくなくとも彼に近づく者たちをも解放する新たな存在のありかたを発見するのだ。潔い愛とは、自分が束《つか》の間のものであり、特殊なものだと分かっている愛にほかならない」

不条理の認識とは、ひとつの観念で統一することができない世界の矛盾したありかたを見つめ、それを認めることです。その考えかたからすれば、ありえないことを承知で永遠の愛を誓うような行為は欺瞞《ぎまん》以外の何ものでもありません。ドン・ジュアンの潔さとは、そうした愛の欺瞞を拒否することなのです。しかし、永遠を重視する人々から見れば、ドン・ジュアンの生きかたは呪詛《じゅそ》と懲罰に値します。それゆえ、ドン・ジュアン伝説の最後には石の客（石像の騎士長）が現れて、ドン・ジュアンに永劫《えいごう》の地獄墜《お》ちの刑罰を下すのです。

カミュは自分の恋愛体験を誠実に検討し、そこから永遠の愛の不可能性という命題を導きだしました。この考えは、のちに『異邦人』の主人公ムルソーと愛人マリーのあの有名な問答を生むことになります。

「彼女が笑ったとき、僕はまたしても彼女が欲しくなった。しばらくして、彼女は僕に愛しているかと尋ねた。僕は、そんなことにはなんの意味もないが、たぶん愛していない、と答えた」

話がすこし先へ行きすぎましたが、そんなわけで、カミュは同時に複数の女性を愛していました。そして、生涯の最後まで恋多き男でありつづけます。

世界の無意味さ――不条理の発見

さて、一九三七年の夏、二三歳のカミュに戻りましょう。あまりに過剰な政治的・文化的活動はカミュの体に大きな負担をかけていました。医者の診察を受けると、結核の再発が懸念され、友人たちはカミュに、転地してサナトリウムでの療養に入ることを勧めました。しかし、カミュには孤独な病人として生活することなど考えられず、気分転換と休息をかねて、モンブランに近いフランスのサヴォワ地方にある友人の山小屋で夏の休暇をとることにします。道連れは年来の親友フレマンヴィルでした。

ふたりは七月の末にマルセイユ行きの船に乗り、南仏のアルル、オランジュ、アヴィニヨンを経て、サヴォワの山小屋にむかいました。しかし、そこに到着した最初の夜、カミュは喀血してしまいます。ふたたびカミュは死の脅威に襲われたのです。カミュが人間は死によって条件づけられていると主張するとき、それは抽象的な言葉ではなく、結核という死病を宿した自分の肉体に根拠を置く感覚、直観的な真実でした。

しかし、彼は病を押してパリに行き、当時開催中の万国博覧会を見物します。それからふたたびアルプスのほうにひき返して、フランスのオート＝ザルプ地方の湖畔の町アンブランに行き、そこにしばらく滞在しました。そしてさらに、ジャンヌ・シカールとマルグリット・ドブレンヌと落ちあってイタリア旅行をするために南にむかいました。途中、南仏の田舎町ルールマランを訪れたのは、ここが高等中学と大学時代の恩師、ジャン・グルニエが愛し、エッセーで称揚していた町だからです。早すぎた晩年、カミュはルールマランに家を買い求め、わずかなあいだここで暮らしました。カミュの墓もこの町に置かれています。

カミュとジャンヌとマルグリットは南仏でフレマンヴィルと別れ、イタリアにむかいます。そして、ピサからフィレンツェに入り、カミュはそこで決定的な体験をします。フィレンツェのボーボリ庭園のいちばん高い場所からの眺望によって、ある種の啓示ともいうべきものを感じとるのです。そのときの感慨は、『結婚』というカミュの二冊めの書物に収められた「砂漠」という短編に語られています。

「世界は美しい。そして、世界の外に、救いはない。世界が忍耐づよく僕に教えてくれる大いなる真実とは、精神など何ものでもないし、心さえ何ものでもないということだ。太陽が熱する石や、無窮《むきゅう》の空が成長させる糸杉がこの唯一の宇宙を限定しているのであり、そこではじめて『正しい』という言葉は意味をもつ。つまり、人間なき自然ということだ。そして、この世界は僕を無にする。僕を果てまで連れていく。怒りもなく僕を否定する」

不条理とは、世界が無意味であるという発見です。しかし、その発見をして怒るのは人間だけです。世界は人間とは無関係に存在し、その否定的真実を認識することを人間に迫ります。

「すべての真実が苦《にが》さを含んでいることが本当だとしても、すべての否定が『肯定《ウイ》』の開花を宿していることも事実なのだ」

このエッセーのような小説が「砂漠」と題されているのは、詩を棄《す》て、砂漠に去って命を終えたランボーのイメージが重ねあわされているからです。不条理を認識した表現者は否定を恐れません。たとえ、一行の詩も書かなくても、それは作家であることを断念したからではなく、「これが現実なのだ」と認識したからにすぎません。自分の渇きをけっしてごまかさずに生きる人にしか、この砂漠は感じとれないのです。そして、そのときにのみ、幸福の湧き水が身中にあふれるのだとカミュは語ります。

はるかのちに、実存主義者としてしばしばカミュと仲間扱いされるサルトルは、「実存主義はヒューマニズムである」と語りました。ヒューマニズムとは、人間中心主義ということです。その点で、カミュはサルトルと決定的に異なっています。カミュは、広大無辺、理解不可能な世界を前にして、人間を特権化することはありません。むしろ、世界にたいして謙虚であるとさえいえるでしょう。しかし、世界の不条理をそのまま受けいれるということではありません。どれほど人間が無力であろうとも、不条理に反抗することがカミュの人間としての決意なのです。この「砂漠」という短編は、その大地への愛と世界の不条理への反抗という矛盾の肯定で終わります。

「どのようにしてこの愛と反抗の一致を確立したらいいのだろう?」

共産党からの除名

このイタリアでの決定的な経験を経て、カミュはアルジェに帰還します。帰還後ほどなく、カミュは、アルジェから汽車で一二時間もかかるシディ＝ベル＝アベスという田舎町での国語教員の職を見つけます。そして、任地に出かけていったのですが、あまりに陰鬱で退屈な生活の見通しにうんざりして、翌日にはアルジェ行きの汽車に飛び乗って逃げだしてしまいます。相変わらず定職なしで、フィッシュ屋敷に泊まる日々が戻ります。

この時期、本国フランスは激しい動乱を迎えていました。一九三四年の右翼の大暴動の結果、ちょうどその一年前にヒトラーがドイツで政権を奪取したこともあって、フランスの左翼勢力は危機感を募らせて、反ファシズムの人民戦線への結集の動きが起こります。そして、社会党と共産党、二大労働組合などが人民戦線を結成し、一九三六年には、総選挙の勝利によって人民戦線内閣が成立します。いっぽう、この年、スペインでは、フランスよりひと足早く成立した人民戦線内閣に対して、フランコ将軍が反乱を起こします。こうしてスペイン内戦は激化し、フランコ率いるファシズム反乱軍が優勢になっていきました。

このファシズム対人民戦線という国際的な緊張関係のなかで、アルジェリアの共産党は、反ファシズム闘争に的を絞れというパリの共産党本部の命令を受けて、アラブ人の反植民地運動を抑圧しにかかります。

カミュは共産党員ではありましたが、アルジェ文化会館の機関誌「若き地中海」で、パリの議会に提出されていたアラブ人の選挙権拡大のための「ブルム＝ヴィオレット法案」に賛成の論陣を張っていました。終始一貫して、反植民地主義者としてアラブ人の側についていたのです。そして、反植民地主義を掲げるメサーリー・ハージュのアルジェリア人民党を支持したために、共産党から除名されてしまいます。

カミュはフランス人ですが、アラブ人の政治的権利を擁護しました。しかし、自分がアルジェリアを故郷とする点において、その地を土着のアラブ人だけの国だとも考えてはいませんでした。この複雑な立場は、のちにアルジェリア独立をめぐって、フランス人とアラブ人が血で血を洗う暴力闘争に突入するとき、彼を袋小路へ追いこむことになります。

カミュが共産党から除名されると、カミュの創設した労働座も解散してしまいました。カミュはこれに代わって「仲間座」という劇団を組織します。この劇団は政治的イデオロギーから解放されて、ドストエフスキーの『カラマーゾフの兄弟』（一八八〇年。カミュが次男のイワン・カラマーゾフを演じた）や、シャルル・ヴィルドラックの『商船テナシティ』（一九二〇年）、アンドレ・ジッドの『放蕩息子の帰宅』（一九〇七年）など、柔軟かつ多彩なレパートリーを舞台に上げました。

また、カミュはこのころフランシーヌ・フォールという女性と知りあいになり、結婚を視野に入れるようになります。先にも述べたように、カミュには明らかに愛人と目される女性が複数いましたし、最初の妻シモーヌとの離婚もまだ成立していませんでした。そのうえ、結核患者で、定職にも就いていません（まもなくアルジェ大学付属の気象学・地球物理学研究所でアルバイト助手の職にありつきはするのですが）。フランシーヌがそんなカミュとの結婚を考えている、と母親とふたりの姉に告げると、フォール母娘は爆笑したといいます。

フランシーヌはオランの出身でした。オランは、アルジェから三〇〇キロ以上西に位置する、アルジェリア第二の地中海沿岸の港町です。カミュの愛人と目されるリュセット・ミュレールもイヴォンヌ・デュケイラーもクリスティアーヌ・ガランドもみんなオランの出身です。また、クリスティアーヌの兄のピエールは、オランで穀物輸入業を営むたくましい男で、カミュの親しい友人になります。ちょっとヤクザっぽいところもあり、アラブ人を相手に喧嘩沙汰を起こしたという噂がありました。『異邦人』で主人公ムルソーの友人がアラブ人と悶着《もんちゃく》を起こす場面には、ピエールのイメージが投影されているといわれます。また、『ペスト』は、オランを事件の舞台に設定しています。カミュはオランを非常によく知っていたのです。

ジャーナリスト・カミュ

カミュがフランシーヌとの恋愛と仲間座の舞台公演に忙殺されていた一九三八年、彼は将来を決定する重要な人物との出会いを迎えます。パスカル・ピアです。

日本ではパスカル・ピアの名は、福永武彦が訳した『ボードレール』という研究書の筆者として知られていますが、いささか山師的なところのある謎めいた人物です。ピアは幼いころからさまざまな職業を経験し、娼婦やアウトローとの付きあいがあったほか、アントナン・アルトーなど超現実主義者たちやアンドレ・マルローとも交際があり、フランスの名門文芸雑誌「NRF（ヌーヴェル・ルヴュ・フランセーズ＝新フランス評論）」の編集長ジャック・リヴィエールに見出されたとき、まだ一九歳でした。自作の詩をボードレールやランボーの作品だとして流通させた贋作《がんさく》でも有名です。つまり〝腕っこきの詩人〟でもあったわけです。

カミュより一〇歳年上のパスカル・ピアは、「アルジェ・レピュブリカン（共和派アルジェ）」という日刊紙の発行を計画したジャン＝ピエール・フォール（高名な美術史家エリー・フォールの息子）に慫慂《しょうよう》されて、この新聞の編集長としてパリからはるばるアルジェまでやって来たのです。その「アルジェ・レピュブリカン」紙に急遽《きゅうきょ》集められたほとんど新聞編集が未経験のスタッフのなかに、新米記者のカミュが紛れこんでいたのでした。

カミュは新聞のことなど何も知りませんでしたが、専任社員となって午後の遅い時間から真夜中まで事務所で働き、必要とあらば、裁判の傍聴や、事件や事故やデモの取材など多くの現場仕事をこなし、ピアの指導のもとに、記事を書き、校正やページのレイアウトまでおこないました。

ピアはまもなくカミュの文筆家としての才能を認め、「読書サロン」という書評コーナーを任せます。ここでカミュは、将来自分の盟友となり、さらに最大の論敵にもなるジャン＝ポール・サルトルの長編小説『嘔吐』（一九三八年）と短編集『壁』（一九三九年）を書評することになるのです。まことに不思議な運命のめぐりあわせというほかありません。

しかも、そこでカミュは『壁』を論じながら、こんな意味深長な一節を書きつけています。「人間は孤独であり、この自由のなかに閉じこめられている。これは時間のなかでのみ成立する自由であり、死がこの自由に、端的な、目の眩《くら》むような否認を突きつける。人間の条件とは、不条理である」

しかし、カミュの文筆活動は、文学や哲学にとどまりませんでした。社会の悲惨な不平等や差別を抉《えぐ》る記事で頭角を現したのです。皮切りは、南米フランス領ギアナの監獄行きの流刑船に乗せられた懲役囚たちを乾いた筆致で描きだすルポルタージュでした。

言論統制との闘い

続いてカミュの筆鋒《ひっぽう》は、植民地アルジェリアの不公平な裁判が生みだした冤罪《えんざい》事件にむけられます。小麦を盗んだ罪で起訴されたオダンという食糧配給所の職員の犯罪に関して、偽証と判事の偏見を暴露して、オダンの無罪判決を導きだします。

また、説教師エル・オクビが首席律法師の暗殺を計画したとされる事件でも、カミュは行政と警察が仕組んだ暗殺の背後の政治的な動機を新聞紙上で暴き、エル・オクビの無罪を勝ちとりました。このときカミュが最大の敵と見なしたのは、アルジェの行政のトップに立つロジス市長でした。この市長は三年前、カミュが労働座の仲間と上演しようとした『アストゥリアスの反乱』にホールの貸しだしを拒否し、事実上の上演禁止にした張本人だったのです。

さらに一九三九年、カミュは「カビリアの悲惨」と題する一一本もの連続ルポルタージュを発表します。カビリアとはアルジェの東に広がる山岳地帯のことです。この地に暮らす主な民族であるベルベル人はフランスの帝国主義支配に激しく抵抗しましたが、結局、植民地化されてしまいました。そして、植民地の行政当局はカビリアをエキゾチックな観光地として宣伝していたのですが、カミュの記事は、この行政当局の欺瞞と、現地住民の悲惨な経済状態および非人間的な生活の実態を、激しい怒りを底に秘めながらも冷静なタッチで描きだし、評判を呼びました。しかし、この記事の成功のせいで、「アルジェ・レピュブリカン」紙は行政当局であるアルジェリア総督府から警戒され、しだいに敵視されるようになります。

まさにそんなおりの一九三九年九月一日、ナチス・ドイツがポーランドに侵攻し、翌々日の三日にはドイツがイギリスとフランスに宣戦布告して、第二次世界大戦が始まります。

二五歳のカミュは徴兵年齢からは外れていましたが、九月九日にはみずから志願して徴兵局に出頭しました。病身を理由に戦争から逃げることを潔しとせず、また、戦線へ送られる不幸な兵士たちへの連帯の気持ちがあったからです。しかし、結核の病歴のある健康状態のせいで徴兵猶予と判断されます。さらに、一一月七日で二六歳になったカミュは、再度、徴兵局に赴きます。しかし、「この若造は重病だぞ。兵隊にするわけにはいかない」と担当の中尉にいわれて、やはり拒否されてしまいます。かくして、カミュは「アルジェ・レピュブリカン」の記事執筆と編集の仕事を続行します。

ところが、軍部は「アルジェ・レピュブリカン」を目の仇《かたき》にして厳しい検閲をおこない、株主からの援助や広告収入も激減し、ついにこの新聞は廃刊に追いこまれます。しかし、パスカル・ピアとカミュのコンビはほぼ同時に「ソワール・レピュブリカン（共和派夕刊）」を発行し、抵抗を続けます。

パリへの旅立ち

当時の戦争をめぐる言説の大半は、ナチス・ドイツとの戦いを反ファシズム闘争と位置づけ、戦争自体を肯定するものでした。これにたいしてカミュは「ソワール・レピュブリカン」紙で、民族間の憎悪を煽《あお》る戦争に根源的な反対を表明しました。しかしながら、その口調には静かな絶望が交じっています。

「私たちの多くが一九一四年の人々［第一次世界大戦に突入した諸国民］のことを理解してい

なかった。だが、いま私たちは彼らのより近くにいる。というのも、私たちはもはや同意などなくても戦争ができることを知っているからだ。絶望の行きつく先では、無関心が生じ、無関心とともに避けがたい宿命の感覚と、それへの嗜好が生じるのだ。[…]この死すべき時のなかでは、私たちが何かにむかうとしても、それは未来にむかってではない。[検閲削除]人生がまだ意味をもっていた過去の、貴重だがはかない映像にむかうほかないのだ。太陽と水の戯《たわむ》れにひたる身体の喜び、花々の咲きほこる晩春、途方もない希望のなかでの人間たちの友愛。そうしたものだけに価値があった。いまでもそれだけに価値がある。だがもはやそんなことは不可能だ。[…]おそらくこの戦争のあとでも木々に花が咲くのを見られるだろう。なぜなら、つねに、最後には、世界が歴史に勝利するからだ。だが、その日、何人の人間がそこにいて、花咲く木々を見ることができるのか、私には分からない」(「戦争」一九三九年九月一七日付「ソワール・レピュブリカン」紙)

カミュは一九四〇年の一月までこの新聞で戦争批判の記事を執筆しますが、抵抗もそこまででした。アルジェリア総督の要請で、「ソワール・レピュブリカン」の発行を差しとめるという公式の通達文書をもった特務警察の主任がカミュに面会を求めてきました。この文書はもちろん合法正式のもので、これに副署を求められた彼は同意するほかありませんでした。

こうして「ソワール・レピュブリカン」は発行停止となり、カミュは失業しました。編集長だったパスカル・ピアは、妻と娘と義母を連れてパリに帰ることになります。カミュは、婚約者フランシーヌの住むオランで暮らしはじめます。

いっぽう、パリに戻ったピアは早速、新聞業界で働きはじめ、戦争の激化で多くの働き手が招集されて空きポストのできた「パリ・ソワール（夕刊パリ）」紙にカミュを呼ぶことを考えます。「パリ・ソワール」紙の編集長は、パリへの旅費は出せないが、カミュがすぐにパリにやって来るなら雇ってもいい、とピアに答えました。そして、その連絡を受けるや、カミュはパリへ行くことを決意します。

フランシーヌはパリの名門校「リセ・フェヌロン」で数学を学んだ才媛で、すでにオランで教師の職を得ていました。そこでアルジェリアに残ることにしましたが、夏の休暇にはパリでカミュと再会することを約束します。フランシーヌの家族はカミュの薄情を非難しましたが、カミュはパリに出発しました。一九四〇年三月、ドイツがフランスにむけて総攻撃を開始し、パリを占領するわずか三カ月前のことでした。

第三章　衝撃の作家デビュー
――『異邦人』の世界

パリの孤独と『異邦人』の執筆

一九四〇年三月、二六歳のアルベール・カミュは、アルジェから船に乗ってパリにむかいました。第二次世界大戦中のことですが、ドイツとフランスの戦線は膠着《こうちゃく》して大規模な戦闘はおこなわれず、いみじくも「奇妙な戦争」と呼ばれていました。しかし、ドイツはひそかにフランスへの総攻撃の準備を進めており、わずか三カ月後にパリは陥落し、ナチス・ドイツの占領下に落ちることになります。しかし、船と列車の長旅で疲れきってパリに到着したカミュに、そんなことは想像もできませんでした。

持病の結核を抱えながら、失業中のカミュが苦労してパリまでやって来たのは、「アルジェ・レピュブリカン」紙の編集長でカミュの上司だったパスカル・ピアの誘いによるものです。フランスに帰国して「パリ・ソワール」紙の編集者になったピアは、カミュのためにこの新聞での仕事を世話してくれたのです。

「パリ・ソワール」は、大戦前には二〇〇万部もの発行部数を誇った大衆日刊紙で、犯罪や事故などいわゆる三面記事を売り物にする娯楽新聞でした。カミュが担当することになった仕事は編集庶務で、主に新聞紙面のレイアウトを担当する係であり、記事を書く仕事ではありませんでした。

パリに着いた当初、カミュはこの街にたいして憂鬱な気持ちを抱き、そのことを日記兼断章的覚書である『手帖』に何度も記しています。のちに発表する小説『異邦人』でも、そのときの気持ちを主人公のムルソーに託しています。

ムルソーはアルジェに住み、船舶による輸出入を扱う商社の代理店のような小さな会社で働いているのですが、その会社の社長から、パリの出張所で働かないかという申し出を受けて、生活を変えたくないという理由で遠まわしに断ってしまいます。ムルソーはそのことを恋人のマリーにこんなふうに語ります。

「それで僕がマリーに社長の申し出の話をすると、彼女はパリに行ってみたいといった。僕がパリでしばらく暮らしたことがあると伝えると、マリーは、パリはどうだったと尋ねてきた。僕はこう答えた、『汚い街だ。鳩がいて、中庭は暗い。住人たちは生っ白《ちろ》い肌をしている』」

当時、カミュは『異邦人』を書いている最中でした。そして、このパリで味わった孤独が、彼に、自分はここでは異邦人だ、という気分を強く抱かせたのです。『手帖』にこういう記述があります。

「いきなり異邦となったこの街のざわめきによる——この暗い寝室での——突然の目覚めは何を意味するのだろう？　そして、すべてが僕にとって異質なものになり、何も、僕のものは何ひとつなく、この傷を塞《ふさ》いでくれるものも何もない。ここで僕は何をしているのか？　この身ぶりが、この微笑《ほほえ》みがいったい何になるのか？　僕はここの人間ではない——だが、よその人間でもない。そして、世界はもはや見知らぬ風景でしかなくなり、ここにはもはや僕の心を支えるものはない。異邦人、この言葉の意味さえ知ることができない異邦人なのだ」（一九四〇年三月）

『異邦人』という小説が作者と無関係なただのフィクションではなかったこと、また、『異邦人』という題名がカミュにとって、当時の彼ののっぴきならない精神状態を表す一語であったことが分かります。

パリ陥落、結婚、そして失業

しかし、カミュはその状態を受けいれ、それに耐えながら、「パリ・ソワール」の仕事を続け、ついに五月に『異邦人』を完成させます。

このころ、同時に大きな変化が外から襲ってきました。同年五月、ドイツ軍が電撃的に総攻撃を仕掛け、一気に西部戦線を突破し、蹴散らされたフランス軍を追ってパリに迫ったのです。そして、六月一四日にパリは陥落します。その結果、パリを含むフランス北西部（本土全体の五分の三）はドイツの直接の占領下に置かれ、それ以外の南部にはペタン元帥を首班とするヴィシー政権（中央フランスの保養地ヴィシーを首都とする）が成立しますが、これはナチス・ドイツに唯々諾々《いいだくだく》と従う傀儡《かいらい》政権にすぎませんでした。

こうした政治情勢の激変のなか、「パリ・ソワール」紙は発行を継続するため、発行所をドイツ占領下のパリから、フランス中央部のクレルモン＝フェランに移し、ついで、もっと西よりの大都市リヨンに移転させます。カミュもこの移転に従ってクレルモン＝フェランからリヨンへとむかいますが、同様に、二、三〇〇万人ものフランス人や近隣の国からの難民が、ドイツ軍の空襲や爆撃に怯《おび》えながら、北から南にむけて「大脱出《エクソダス》」をおこなっていました。その苦難の光景はカミュの胸に突きささりました。そんななかで彼のいちばんの気がかりは、アルジェリアに残してきた婚約者フランシーヌのことでした。

リヨンに到着してホテルを確保し、「パリ・ソワール」でふたたび働きはじめると、カミュのもとに、最初の妻シモーヌとの離婚が正式に成立したとの報《しら》せが届きました。カミュはフランシーヌをリヨンに呼びよせます。時は一二月のはじめで、寒冷の地リヨンは摂氏零度を下回る寒さでした。カミュとフランシーヌはパスカル・ピアを立会人として結婚式を挙げ、新聞社の仲間たちを交えてささやかな宴をおこないました。

ふたりは新生活を送るため、ホテル暮らしをやめてリヨンでの住居探しを始めようとしました。ところが、その矢先に、「パリ・ソワール」が人員削減の計画を発表したのです。カミュは結婚して数週間で、またしても失業者になってしまいました。新婚夫婦はフランシーヌの故郷であるアルジェリアのオランに戻るほかなく、汽車でマルセイユに南下し、そこから船でオランの港にむかいました。

〈不条理三部作〉の完成

翌一九四一年一月、オランに戻ったカミュ夫妻は、フランシーヌの実家のアパルトマンで暮らしはじめます。フランシーヌは小学校の補助教員の仕事に就くことができました。

いっぽう、カミュは、母親をはじめとして自分の家族が暮らすアルジェをときどき訪れながら、オランの塾や私立学校でフランス語などの教師のアルバイトをして、なんとか生活をやりくりしていました。そんな辛酸《しんさん》を嘗《な》めながらも、カミュは執筆活動を続け、ついに『手帖』にこう書きつけます。

「一九四一年二月二一日。／『シーシュポスの神話』を終える。〈不条理三部作〉の完成。／自由の始まりだ」

〈不条理三部作〉とは、小説『異邦人』、戯曲『カリギュラ』、哲学エッセー『シーシュポスの神話』の三作品にカミュが付けた総題です。カミュはこの三作を貫く本質的なテーマが「不条理」であることを明確に意識していたのです。その完成を素直に喜ぶよりも、ようやく「自由の始まりだ」とむしろ解放感を強調しているところに、この仕事への義務感がカミュにとってどれほどの重圧だったか推測できます。発表の当てはほとんどありませんでしたが、カミュは自分の精神の内発的エネルギーに急《せ》きたてられて、故郷からの追放、戦争、大脱出、失業といった困難に遭遇しながら、〈不条理三部作〉を書きあげたのです。驚くべきは、いっしょに暮らす妻のフランシーヌにさえ〈不条理三部作〉についてひと言も洩《も》らさなかったということです。これは、カミュがこの作品の執筆において自分の内面だけに集中していたことの証拠といえるでしょう。

しかし、人に読まれなければ、文学作品は意味をもちません。救いの手を差しのべたのは、ふたたび先輩のパスカル・ピアでした。

カミュはパリからオランに帰ってきたのちも、リヨンに残ったピアとの文通を絶やさず、文学について、自分の作品について、ピアと語りあっていました。そして、完成した〈不条理三部作〉をピアに送ると、ピアは賞讃の返事を送ってきました。このころピアは、自分が編集する文芸誌の発刊の計画を抱いており、カミュの作品を掲載したいと考えていたのです。ピアはカミュの原稿の発表のあと押しをするために、当時もっとも影響力のあった有力作家アンドレ・マルローにそれを読ませます。マルローもまたカミュの作品に多大な感銘を受けました。そして、フランスにおける最高の文学出版の拠点であるパリのガリマール社のガストン・ガリマール社長に熱心な推薦状を送ったのです。

そのかいあって、ガリマールは手はじめに『異邦人』を出版することを決め、オランにいるカミュのもとに出版契約書を送ります。まもなく『シーシュポスの神話』も刊行が決まり、さらに『カリギュラ』も同じ道をたどります（ただし、『カリギュラ』の刊行はカミュの推敲の希望もあって二年後の一九四四年になりますが）。

『異邦人』への賞讃

一九四二年五月、『異邦人』がついに出版されます。初刷部数は四四〇〇部。第二次世界大戦のさなかであり、パリはドイツ軍に占領されています。そんななかで、このほとんど無名の新人小説家の処遇は破格といってもいいものでした。カミュとフランシーヌはパリに行く計画を立てます。しかし、カミュの健康は悪化していました。結核のせいで喀血をくり返し、週に一度、人工気胸の治療を受けねばならなくなったのです。またしても、カミュは病気のせいで死の恐怖とむかいあうことになります。

その一方で、『異邦人』の評判はどんどん上がりました。出版の九カ月後に書かれたジャン＝ポール・サルトルの「『異邦人』解説」という評論はこう始まっています。

「カミュ氏の『異邦人』は、印刷所から出るやいなや、このうえない熱烈な賞讃を受けた。みんなが口々に、これは『第一次大戦終戦（一九一八年）以来の最高傑作』だとくり返した」

それから八〇年近くが経過しましたが、いまや『異邦人』は、マルセル・プルーストの『失われた時を求めて』（一九一三〜二七年）と並ぶ二〇世紀を代表するフランス小説の名作とされています。発表直後から現在に至るまで、これほど高い評価を維持しつづけている作品はほかにありません。何がこの小説の魅力なのでしょうか？

　最大の魅力のひとつは、主人公ムルソーの人間造形ということになるでしょう。この男の登場をもって、二〇世紀はその本質を一気に体現する人間像を得たのです。たとえば、一九世紀の精神性が『赤と黒』（一八三〇年）の主人公ジュリアン・ソレルの野望のドラマに代表されるとするならば、二〇世紀の精神性は、ムルソーの不条理の発見に凝縮されるといっても過言ではありません。

　二〇世紀は、二度の世界大戦、ホロコーストと原爆に象徴される破壊と暴力の時代であり、その結果、人間が自分を信じられなくなるような不安とニヒリズムの時代です。『異邦人』のムルソーは、まだ第二次世界大戦が始まってまもない時点で、その時代を生きる人間の根源的な不安と彷徨《ほうこう》をリアルに描きだし、その後の世界の空気を予見していたのです。そうした生々しいリアリティと先見性が人々に強い衝撃をあたえ、同時に、どこかで自分もムルソーなのだ、という深い共感をひき起こしました。ムルソーこそは、「われらの時代」のヒーローなのでした。

す。

「ママン」、そして時制がもつ意味

ムルソーとはいかなる人間なのか。『異邦人』冒頭の文章がそれを雄弁に物語っています。

「きょう、ママンが死んだ。もしかすると、昨日かも知れないが、私にはわからない」

あまりにも有名な書きだしです。とくに日本ではこの窪田啓作の翻訳（新潮文庫）で人口に膾炙《かいしゃ》している一節です。しかし、ここに問題がないわけではありません。「ママン」という言葉はなんとなくフランス的な甘さと優雅さを感じさせますが、フランス語でmamanとは、子供が母親に呼びかけるいちばん普通の名称で、つまり、「お母さん」とか「かあちゃん」とかの日本語に当たるものなのです。ですから、この訳文にはまったく根拠のない「おフランス感」が漂うという奇妙な不自然さが生じています。

また、フランス語には一人称を表す言葉がje しかなく、ここでは「私」と訳されているのですが、主人公のムルソーはアフリカの仏領植民地の生まれで、アラブ人のいり交じる下町に暮らし、ヤクザのような隣人との付きあいもある男です。「私」というより「俺」、あるいはせいぜい「僕」というのがふさわしい男です。ここでも窪田訳はちょっと格調が高すぎるのです。

さらに、原文の「母さんが死んだ」という文章は複合過去という時制で書かれています。一般に小説の過去形にはいまでも単純過去という時制が使われるので、この複合過去の使用は例外的であり、読者に直接語りかけるようなぶっきらぼうな口調によって、当時のフランス人読者に驚きをあたえました。単純過去と複合過去の違いは、文語的と口語的というだけでなく、客観的に閉じられた過去と主観的に現在とつながる過去という明らかなニュアンスの違いをもっています。しかし、この複合過去独特の感じを日本語の訳文に反映させるのはほとんど不可能といえるでしょう。

こんな具合に、名文として知られる窪田訳にも論議の余地は十分にあるのです。

それはともかく、『異邦人』の冒頭が示唆しているのは、母親の死にほとんど無感動で接する男の乾ききった心です。さらに、主人公ムルソーは、母親が死んだ翌日に、海水浴に行き、お笑い映画を見て笑いころげ、女と関係を結び、その後、女から「愛しているか」と聞かれて、「そんなことにはなんの意味もないが、たぶん愛していない」と答えます。そして、知人の絡んだいざこざから見知らぬアラブ人に五発の銃弾を撃ちこんで殺し、法廷で裁判長にその殺人の動機は何か、と尋ねられて、「それは太陽のせいです」と返答します。彼は死刑を宣告されたのち、自分に残された望みは「僕の処刑の日、大勢の見物人が集まって、僕を憎悪の叫びで迎えてくれることだ」と語って、物語は終わります。

三島由紀夫が評するムルソー

ムルソーは自分の行為を弁解しませんが、検事は、その無感動、その心の空洞こそが社会を呑《の》みこむ深淵なのだと非難し、ムルソーのなかには、魂のかけらも、人間的なものも、道徳的原則もないと責めたてます。それでは、ムルソーは不道徳かつ無倫理な人間なのでしょうか？　この点についてもっとも説得力のある見解を示したのは、三島由紀夫です。

三島はムルソーの倫理感覚について、こう述べています。

「ムルソーの孤独は自我の孤独、乃至《ないし》は芸術家の孤独と類を異にする。自我と俗衆、自我と社会の対立が問題にされているのではない。いわばそれは、生の態様としての孤独、生が存在するために已《や》むをえずしてとる形式のごときものである。なぜかというと、司祭のように他人を見張り、検事のように他人を訴追するとき、人は第三の判断に己れを委《ゆだ》ねねばならぬ。第三の判断とは、或るときは概念であり、或るときは慣習であり、或るときは神ですらあり、或るときは自我ですらある。ムルソーは凡《あら》ゆる第三の判断に対して、肩をすくめる。彼には他人を裁く武器がない。従って自分を裁く義務をも決して持たない。彼は第三の判断に身を委《まか》せることによって自分が生きるのを忘れていられる気楽さ加減が我慢ならぬのである。ムルソーの行為は刻々のうちに生れ、ムルソーの呼吸はしかも最後まで平静にくりかえされる。文体の効果もそれを狙っているように思われる」(「『異邦人』を読む」一九五一年。引用者が新字新かなづかいに改めた)

のちに内田樹《たつる》も『ためらいの倫理学』(二〇〇一年)のなかで、三島のいう「第三の判断」を「第三者が上位の審級から下す権力行使」といい換えて、ムルソーの倫理感覚からすれば、「みずから死のリスクを冒す用意のあるものには『人間を殺す権利がある』」、したがって、一対一の戦いでナイフを抜いたアラブ人に対して拳銃で応じることは卑怯《ひきょう》ではないが、社会や正義の名のもとにムルソーを殺す(死刑にする)検事や判事は卑怯なのだと論じています。

こうしたムルソー独特の、まさに異邦人というべき倫理感覚が、彼をこの世界において孤独な存在にしています。彼は自分の判断と行動を、曖昧な人間性や社会や法律や神など、いっさいの既成概念に委ねないのです。さらには、自分という存在(自我)の根拠さえも疑っています。

三島由紀夫の慧眼《けいがん》は、ムルソーの倫理感覚が「文体の効果」にも表れていると論じているところです。既成概念による判断を宙づりにしているのは、まさに文体の効果なのです。

サルトルは先に引用した「『異邦人』解説」のなかで、このカミュの文体をみごとに分析しています。

「カミュ氏は、自分の物語る登場人物と読者のあいだにガラスの仕切りを挿入する。[…]ガラスの仕切りはすべてを通すように見えるが、唯一通さないものがある。それは登場人物の行為の意味だ。ガラスの仕切りを選ぶほかないのだ。それが、この『異邦人』の意識となるだろう。そう、それはまさに透明なのである。その透明な視覚が見るものをわれわれも見る。ただし、それは事物にたいしては透明だが、意味については不透明に作られている」

こうした、事物や人間の行動を外から描写しながらも、その意味はけっして語らない文体を、カミュはアメリカの小説から応用したと語っています。それはとくに、ヘミングウエイやハードボイルド小説の、もっぱら事物や行動を外から描写する、即物的、行動主義的な文体を想起させます。

「異邦人《エトランジェ》」とは、語源的に「外にいるもの」という意味ですが、この「異邦人」は、社会や法律や宗教といったあらゆる制度の外にいてそれに絡めとられず、自分自身にたいしても外にいるのです。そして、その彼の世界観は、文体によって具体的に裏打ちされているわけです。

「不条理」の発見

太陽のせいで人を殺すという『異邦人』の論理は読者にショックをあたえたのですが、その殺人のさなかに露呈するものは虚無であり、ムルソーとは不在そのものなのだ、とモーリス・ブランショは論じました。

「人間的現実からあらゆる心理的約束ごとを剝《は》ぎとり、また、いっさいの偽りの主観的説明をぬきにして、完全に外側からのみなされる描写によって人間的現実を把握しようというのなら、この男［ムルソー］はある程度まで人間的現実の写し絵といえる。彼は深い不在であり、あらゆる人間的情景から想像しうる深淵なのだ。たぶんそこには何もないし、たぶんそこにはなんでもある。［…］彼がアラブ人を撃とうとした瞬間、彼にはいかなる観念の影もかすめないし、先の見通しもなく、彼は完全な空無に身を委ねる。彼はこの出来事の過去にも、ありうべき未来にも、なんら縛られてはいない。彼は自分をうち砕くまばゆい陽光に全身をさらし、太陽を反射するナイフの刃の輝きを煩わしく思って、発砲す

る」（「異邦人の小説」一九四三年『踏みはずし』所収）

なぜそのような人間が生じるのかといえば、それは、彼が世界は不条理であることを発見してしまったからです。不条理とは、人間がなんらこの世界の特権的存在ではなく、人間をふくめて世界は無意味だということの明確な認識であり、その認識自体が無意味であることの甘受です。不条理（absurde）とは、フランス語で合理的な筋道が立たないことを意味すると同時に、ばかばかしくナンセンスなことを意味しています。その両方の意味において、世界は不条理なのです。

ただし、『異邦人』のなかで「不条理」という言葉はただ一カ所しか出てきません。しかも、窪田啓作訳では「不条理」ではなく「虚妄」という訳語が使われているので、「不条理」というカミュのキーワードはどこにも出てこないのです。

拙訳によれば、そのラスト直前の一節はこんなふうになります。

「僕がこれまで送ってきた、この不条理でばかばかしい人生のあいだずっと、遠い未来の果てから、まだやって来ない人生の年月を素通りして、僕に暗い風が吹きつけてきた。

そのとき、僕にあらゆる可能性があるように見えたとしても、僕が生きてきた人生に比べて、とても現実とは思えない未来の年月が約束してくれるものなど、その暗い風に吹かれたら、どうでもいいものになってしまう」

世界が、そして自分の人生が不条理であることを発見した人間のニヒルな絶望が描かれているように見えます。しかし、この文章の直前にこう書かれていたことを忘れてはならないでしょう。

「この僕、僕の両手は空っぽのように見える。だが、僕は確信をもっている、自分に、すべてに。あんた［刑務所の教誨《きょうかい》司祭］よりも、自分の人生に、これからやって来る死に、確信をもっている。そうとも、僕にはそれだけしかない。だが、すくなくとも、この真実が僕をつかまえているのと同じように、僕もこの真実をつかまえているんだ。僕は正しかったし、いまでも正しいし、これからもずっと正しい」

ムルソーが正しいというとき、それはむろん社会的正義や道徳的な善を意味してはいません。世界の不条理を直視して、それから目をそらすような偽善を断乎《だんこ》として拒否するということです。その社会的、慣習的既成概念に曇らされないまなざしで見るとき、世界は驚異的な美しさを宿す瞬間があります。かつて、カミュは短編集『結婚』に収められた「砂漠」という文章のなかで、「世界は美しい。そして、世界の外に救いはない」と記しました。『異邦人』のなかには、その世界の無意味にして純粋な美しさを描写する場面がいくつかあります。

美しさゆえの不条理

ひとつは、ムルソーが恋人のマリーや知人のマッソンと海水浴をする場面です。沖で浮き身をしていると、太陽の光と、海の水と、人の体が一体となって、人間の主観は世界の充実した現存のなかに溶けてしまい、「すべてよし」という身体的、感覚的真実が浮かびあがります。しかし、その「すべてよし」の瞬間のすぐあとに、ムルソーはアラブ人殺しという空虚な深淵へ飛びこむことになります。それが世界の不条理の冷厳な表れでもあるのです。

もうひとつは、アラブ人殺しの裁判の第一回公判が終わったあと、ムルソーが見聞きするアルジェの街の描写です。

「裁判所を出て車に乗ったとき、ほんの一瞬だが、夏の夕べの匂いと色あいが甦《よみがえ》るのを感じた。護送車の暗闇のなかで、かつて愛した街の、ときおり満ちたりて感じた時間の、あらゆる親しみ深い物音が、ふたたび、ひとつひとつ、自分の疲労の底から浮かびあがってきた。すでに和らいだ空気に漂う新聞売りの呼び声、辻公園を飛びたつ最後の鳥たち、サンドイッチ売りのかけ声、街の高台を曲がる路面電車の軋《きし》り音、夜が港に降りる前の空のざわめき。［…］そうだ、もうずいぶん前、僕が満ちたりて感じたのは、この時間だった。［…］だが、何かが変わっていた。明日への期待とともに、僕がふたたび見出したのは、独房だったからだ。あたかも、夏の空に描かれた親しみ深い道が、無垢のまどろみへも、また、刑務所へも通じているかのようだった」

世界の美しさの再確認は、無垢のまどろみへも、刑務所と死刑判決へも通じている。それが不条理ということです。ここに『異邦人』の描きだす世界の奥深さ、えもいわれぬ神秘があります。こんなふうに世界の重層性を矛盾なく描きだしたところに、『異邦人』の新しい文学的特質がありました。

さらに、カミュの重層的なまなざしは、人間関係にも注がれています。ムルソーは一見、孤独な人間に見えます。しかし、彼は、ほとんど友人とさえ呼べないヤクザなレーモンや、同じ建物に住む気難しいサラマノ老人と、不思議な共感を生きています。それを、先に引用した「『異邦人』を読む」の三島由紀夫は、「連帯感」と呼んでいます。

「生身の人間の連帯感とは他でもない。孤独な老人にとって犬がもっていたような或る種の価値を、信ずる人同士の連帯感である。彼らは断じて存在することの孤独におびやかされず、第三の判断を必要としない。そこでは生活とは、あのやりきれない日曜日をも含めて、われわれの心が受容しうるものを、われわれの心の正体として見つめることのできる或る残酷な是認の決心である。そこで辛うじて人生は意味をもつ。なぜかというと、人生は見事に前提と目的とを除去された形で現前するからである」

第三の判断をとり去り、人生から前提と目的をのぞき去って、われわれの心の正体を見つめ、世界の実状を是認する残酷な決意。それができてはじめて、生身の人間のあいだに連帯感が生まれると三島は喝破《かっぱ》しています。カミュの次の小説『ペスト』で、この連帯が重要な主題として浮上することを三島は意識していたのでしょうか？　日本では『ペスト』のほうが『異邦人』よりも早く翻訳が出ていたので、この時点で三島がすでに『ペスト』を読んでいた可能性は十分にあるのですが。

とはいえ、『異邦人』から『ペスト』への道のりにはまだまだはるかなものがあります。いま、世界と人間の根源的な条件として、不条理が発見されたばかりなのです。次のカミュの探求は、この不条理を人間の思考と感性の歴史のなかに位置づけることにむかうでしょう。『シーシュポスの神話』がその探求にあたえられる題名となります。

第四章　結核による追放
――シーシュポスとは誰か

「青春が僕から逃げていく」

一九四二年五月、小説『異邦人』がフランス本国で出版されました。しかし、作者のカミュは、アルジェリアのオラン市にある妻フランシーヌの実家にいて、深刻な肉体の危機に見舞われていました。この年の二月に持病の肺結核が再発し、喀血していたのです。

肺結核による最初の喀血を見たのは一七歳のときでした。このとき以来病んでいたのは左肺だったのですが、今回（二八歳）ははじめて右肺までもが侵されてしまいました。そして、前と同じく人工気胸療法が施されていたのですが、『異邦人』発表と同時期の五月には、ふたたびひどい喀血に襲われたのでした。カミュと妻のフランシーヌは『異邦人』の刊行を機にパリへ行こうと計画していましたが、諦めるほかありませんでした。

医師は、湿度が高く暑さの厳しい夏のアルジェリアを避けて、サナトリウムに入るような転地療法を勧めました。そこで、小学校の補助教員をしているフランシーヌが夏休みに入る七月の末を待って、カミュ夫妻はフランスの山間の地で静養することにしたのです。場所は、フランスの中央山塊地方に位置するル・パヌリエという小さな村でした。フランシーヌの叔母マルグリットの夫の母親が、この村の農場の一角でペンションを開いていたからです。

カミュ夫妻はオランからアルジェ行きの汽車に乗り、アルジェから船でフランスのマルセイユにむかい、さらにマルセイユから汽車でリヨンに行き、そこから汽車を乗りついで、人口一〇〇〇人足らずの山間の小村ル・パヌリエに到着しました。そこはアルジェリアよりもはるかに食糧事情がよく、快適な夏を過ごすことができそうに思えました。しかし、あらゆる文化的刺激から切り離された、この〝結核による追放〟ともいうべき状況にあって、まずカミュが自分の心に命じたことは、すべてを忘れることでした。

「毎日毎日、源泉からの水の音が聞こえてくる。それは僕のまわりを流れ、陽のあたる牧場を横切り、さらに僕のもっと近くに寄ってきて、まもなく僕はこの音を自分のなかに聞くことになる。この源泉が僕の心臓のなかに生まれ、泉の水の音は僕のすべての思想につきまとうことになるだろう。それは忘却だ」(『手帖』)

しかし、夏のあいだはまだよかったのです。一〇月になると、フランシーヌがアルジェリアに帰らなければならなくなりました。彼女は、アルジェで大きな精肉店を営むカミュの叔父アコーの家に身を寄せながら、自分と夫のために教職を探すことにしたのです。カミュはひとりぼっちでル・パヌリエに暮らしながら、苦い思いに沈んでいきました。

「青春を諦めること。存在と事物を諦めるのは僕ではない(僕にはとうていそんなことはできない)。事物と存在のほうが僕を諦めるのだ。青春が僕から逃げていく。これが病気であるということだ」(『手帖』)

『シーシュポスの神話』刊行

こうしてカミュが、中央山塊地方の山間の農村で、肺病と孤独な鬱屈に耐えていた一九四二年の一二月、パリのガリマール社から『シーシュポスの神話』が刊行されました。小説『異邦人』で描きだした不条理の発見からさらに一歩踏みだし、この世界の不条理を乗りこえようとして渾身の力をこめて書きあげた哲学エッセーです。病気という不条理によって追放の憂き目にあっていたカミュ自身が、いままさにシーシュポスというべき存在になっていたのです。

シーシュポスとは、ギリシア神話に登場する都市コリントスの建設者で、人間のなかでもっとも賢い者といわれていました。しかし、全能の神ゼウスが川の神アソポスの娘を誘拐したのを見ていたため、アソポスからその犯人を明かしてほしいと頼まれたとき、自分の土地であるコリントスに泉の水を湧かせてくれるならば、という条件で、アソポスに犯人がゼウスであることを教えたのです。このため、ゼウスは怒り狂い、シーシュポスを雷で撃って地獄へ落とし、急坂で岩を転がして山頂まで押しあげる刑罰を科しました。ところが、その岩は頂上に達する直前にふたたび転げ落ちてしまうので、シーシュポスは未来永劫、岩を転がして上にあげる空しい仕事を続けなければなりません。カミュは、このシーシュポスの姿に、根源的な人間の条件としての「不条理」を認めたのです。

「不条理についての試論」と副題されている『シーシュポスの神話』は、古代ギリシアの詩人ピンダロスの『祝勝歌』からの、次の一句で始まっています。

「おお、わが魂よ、不死の生を望むことなく、可能なものの領野《りょうや》を汲みつくせ」

じつは、この一句はポール・ヴァレリー（一八七一～一九四五）の有名な詩「海辺の墓地」（一九二〇年）にも掲げられています。少年時代のカミュが、肺結核のせいで裕福な精肉店のアコー叔父に引きとられ、その家で読書家だった叔父の蔵書に親しみ、自由思想家の傾向をもつ叔父との会話から大きな影響を受けたことは、すでに第一章で述べました。アコー叔父はヴァレリーの愛読者だったので、おそらくカミュはそこでヴァレリーの詩を読んでいたと推測できます。

「海辺の墓地」は、日本では堀辰雄が「風立ちぬ　いざ生きめやも」と訳した一行でよく知られています。宮崎駿のアニメ映画『風立ちぬ』（二〇一三年）でも、ヴァレリーの詩の原文が主人公ふたりの出会いの場面に引用されていました。原文の Le vent se lève!... Il faut tenter de vivre! は「風が立つ!…　生きることを試みねばならぬ」という意味なので、堀辰雄訳は「風が立った　さて、生きることはできるだろうか」という反語的な解釈になってしまい、誤訳だともいわれていますが……。それはともかく、ヴァレリーの「海辺の墓地」の冒頭には、ピンダロスの『祝勝歌』からの同じ一句がギリシア語で掲げられています。そこでカミュは、ヴァレリーの地中海的な生を目指す精神への共感をこめつつ、『シーシュポスの神話』の冒頭に、不条理をこえて生きる人間の試みを示唆するこの言葉を掲げたのでしょう。そして、この銘句は、不死（永遠）の魂を信じ、それにすがるキリスト教信仰にたいして、〈いま・ここ〉に生きる人間の現在の可能性だけを問題にする、というカミュの倫理的選択を明快に語っています。

人生という不条理との対決

『シーシュポスの神話』の第一章は「不条理の推論」と題され、こう書きだされています。

「本当に重大な哲学的問題はひとつしかない。自殺である」

このセンセーショナルな断言は読者の心をぐっと鷲掴《わしづか》みにするにはもってこいですが、『シーシュポスの神話』の主題を見誤らせる危険をはらんでいます。というのも、この本の主題は、自殺ではないからです。

カミュが強調しているのは、人生は不条理で、つまり、筋が通らず、ばかげていて、人間は時間という檻《おり》のなかではじめから死の刑罰を下された存在だということです。だとしたら、そんな不条理性のなかで生きている意味はなくなり、自殺するほかないのではないか、というのが、『シーシュポスの神話』の最初の一行に含まれている問いかけなのです。

ですから、自殺するかしないかという選択を問題にしているわけではありません。人生は生きるに値しないほど不条理でばかげているという事実を衝撃的に打ちだすため、その問題設定として自殺をひきあいに出しているだけなのです。カミュ自身はいくら人生が不条理であるとしても、自殺など考えたことはないでしょう。あくまでも、この一行は、人生の不条理を強調するためのレトリックにすぎません。こけ威《おど》しといえばこけ威しなのですが、こういうところに作家としてのカミュの文章術の巧妙さがあるのです。

人生が不条理で、生きるに値しないほどばかげているとして、その場合、カミュが絶対的に否定するのは、死後の生、永遠の魂の救済にすがる宗教的立場、すなわち、神を信じるキリスト教信仰の立場です。さきほど、『シーシュポスの神話』の銘句としてピンダロスの言葉が掲げられていることに言及しましたが、まさにそこに語られている「不死の生を望むことなく、可能なものの領野を汲みつくせ」という教えは、死後の永遠の生に望みをかけるキリスト教信仰と真っ向から対立する考えを示しています。

カミュは人間にあたえられた不条理という根源的条件のなかで、その暗黒に耐えられず、神や超越的存在に救済を求めることを「飛躍」と呼んで拒否します。それでは、何を生きることの根拠にするかというと、clairvoyance（クレールヴォワイヤンス）です。この言葉はふつう「洞察」と訳されますが、もっと単純な clair（クレール＝明るい）と voir（ヴォワール＝見る）という言葉が合わさったもので、要するに「明るく見きわめること」なのです。カミュは、この世界のありようを、不条理という暗黒と、それを明るく見きわめようとする人間の意志との不断の対決の場だと見なしています。その解決不可能な矛盾のなかにこそ世界の本質があるということです。

不条理の発見で終わった『異邦人』に比して、『シーシュポスの神話』はその不条理のなかで人間がどう生きるべきか、という倫理的な問いに進みます。

『シーシュポスの神話』の第一章の冒頭に提起された自殺の問題に戻るならば、自殺は不条理の受容であり、不条理な世界への人間の敗北です。人間は最初から死を宣告された死刑囚ではあるが、自分の死から目をそらすことなく、その自分の存在様態をつねに鋭く意識し、それに反抗することによって真に生きることができる、というのがカミュの考えです。カミュが「意識する」というとき、それはclairvoyance（明るく見きわめること）を意味しています。そして、不条理を意識した人間の生から導きだされる最初の帰結は、この不条理への〈反抗〉ということになります。

肝心なことは、もっとも多く生きること

次にカミュが問題にするのは、不条理と自由の関係です。人間ははじめから死を宣告された死刑囚であるがゆえに、その不条理によって永遠に自由への機会を奪われています。

人間の自由は、いつ死ぬかもしれないという不条理によって否定されているのです。しかし、不条理によってはじめて、人間は自分が本当には自由でないことを意識するのです。この根源的な不自由の意識を鋭くもちつづけることで、人間は逆に自分の行動の自由をつねに求め、行動の可能性を拡大することができる、というわけです。それゆえ、世界の不条理が人間にもたらす第二の帰結は、〈自由〉ということになります。

カミュは、この世界には不条理以外のありようはない、とくり返します。したがって、人生は、不条理の暗黒と明るく見きわめることを求める人間の終わりなき対立の場所なのです。そこには、神という超越者も、永遠の救済もありません。世界を統一してみせるような観念は存在しないのです。したがって、人間の生のよし悪しを価値判断できる絶対的な基準はないことになります。そこでカミュはこういいます。「肝心なことは、もっともよく生きることではなく、もっとも多く生きることだ」。もっとも多く生きることとは、あたえられたいっさいを汲《く》みつくそうとする情熱にほかなりません。不条理である現実に反抗し、自由を求めつつ、もっとも多く生きることを支えるのは、情熱なのです。この〈情熱〉が、不条理という世界のありようから導きだされる人間の生の第三の帰結になります。

反抗と、自由と、情熱。不条理というきわめてニヒルな世界認識から出発して、あまりにもロマンティックな帰結に至ったというべきでしょうか？

いいえ、そうではありません。はじめから反抗、自由、情熱という生の原理があたえられているのではなく、不条理のほうが圧倒的にリアルな世界と人生のありようなのです。しかし、現実を明るく見きわめようとする意識のなかで、不条理と人間との果てしない闘争が続きます。そのけっして勝利することのない闘い（シーシュポスの労働）に耐えるためには、あたえられた条件に反抗し、たえず行動の自由を求め、情熱を燃やしつづけるほかない、ということです。ニヒリズムに呑みこまれないためには、そうするほかないという背水の陣の闘いなのです。

ここまでが、『シーシュポスの神話』の前半で、いわば理論編です。後半は「不条理の人間」および「不条理の創造」として、不条理を生きる人間の類型と具体例、芸術創造の問題を論じていきます。

その人間の類型としては、ドン・ジュアン、俳優、征服者というまったく異なった三つのタイプが選ばれています。ドン・ジュアンは、もっともよく愛するのではなく、もっとも多く愛する者であり、俳優は、ひとつのはかない肉体でもっとも多くの生を生きようとする者であり、征服者は、限られた時間のなかでもっとも多く行動する者だといえばいいでしょうか。

「不条理の創造」の章では、ドストエフスキーの『悪霊』(一八七二年)の登場人物、神が存在しないことを証明しようとし、「すべてよし」といって自殺するキリーロフを例にとって、キリスト教信仰の内側から神の存在と永遠の死後の生という観念を否定した人物を、不条理な人間の先駆として位置づけています。

また、「不条理の創造」とは、不条理を意識した人間による芸術創造のありかたの探求なのですが、それは端的にいって、「明日なき創造」だとされています。つまり、こういうことです。

「創造は、人間の唯一の尊厳の、身をゆるがすような証明なのだ。その尊厳とは、あたえられた条件に粘りづよく反抗し、不毛だと分かっている努力を続けることである。創造は、日々の努力、自己の抑制、真実の限界の正確な判断、節度と力を要求する。それは苦行にほかならない」

この苦行は、まさにシーシュポスが永遠におこないつづける刑罰といっても同じことでしょう。しかし、カミュはこの本の最後で、シーシュポスの仕事が他者から科された刑罰であるという事実を拒否します。シーシュポスはこの仕事を自分の行為だと明断に意識しているのです。かくして、『シーシュポスの神話』は、次の感動的なひと言で終わります。

「頂上にむかう闘いそのものが、ひとりの人間の心を満たすのに十分なのだ。幸福なシーシュポスを思い描かねばならない」

私がまだ中学生で、はじめての本格的な哲学書といっていい『シーシュポスの神話』を苦労して読みおえたころ、ビートルズの最後になるかもしれないと噂されたLPレコード『アビイ・ロード』（一九六九年）が発表されました。そのアルバムのクライマックスでビートルズは「その重荷をずっと背負っていくんだ」と叫んでいました。おお、ビートルズもカミュと同じことをいってるじゃないか、と私は単純に感動したのでした。

『ペスト』の構想に着手

さて、フランスの山間の農村、ル・パヌリエで結核療養の日々を過ごしていたカミュの現在に話を戻せば、じつは彼の関心は、すでに書きあげられ、出版されたばかりの『シーシュポスの神話』から、未来の書物へと移っていました。五年後に発表される彼の最大の長編小説『ペスト』です。病気によって流刑地へ追放されたようなカミュの目下の状況は、

『ペスト』の舞台設定に通じるものがありました。カミュはル・パヌリエに到着してまもない時期の『手帖』にすでにこう記していました。

「『異邦人』は、不条理に直面した人間の裸の状態を描いている。『ペスト』も同じ不条理に直面した人間たちの個人的な視点を描くが、その視点には根本的な等価性がある」

つまり、『ペスト』は、疫病という不条理で閉ざされた場所に追いこまれた人間たちの、複数の視点を等価に描く群像劇になるだろうという考えがあったのでしょう。このあたりから、『手帖』には『ペスト』の構想と執筆をめぐる記述が加速度的に増えていきます。しかし、完成まではまだまだ長い時間がかかることになります。

カミュの内心には、結核への不安、フランシーヌとの別れのつらさ、『ペスト』への関心が渦を巻いていましたが、外界には大きな変化が起こります。

一九四二年一一月、アメリカとイギリスの連合軍がアルジェリアの海岸に上陸して、北アフリカを支配していたナチス・ドイツ軍に攻撃を仕掛けたのです。連合軍は圧倒的に有利な戦いを展開し、エジプトの有名なエル・アラメインの戦いでは、「砂漠の狐」と呼ばれて恐れられたドイツの名将ロンメルの戦車軍団が、イギリスのモントゴメリー将軍麾下《きか》の軍団に敗れ、戦局の大勢は決していました。カミュの妻フランシーヌの一家が暮らすアルジェリアのオランも連合軍の支配下に入りました。

いっぽう、この連合軍の攻勢にたいして、フランスを実効支配していたナチス・ドイツは、ヴィシー政府が統治するフランスの南半分、いわゆる「自由地帯」にまで侵攻し、フランス全土をドイツ軍の直接支配下に置きます。こうして、フランスとアルジェリアは完全に分断され、カミュとフランシーヌが再会する希望は断たれてしまったのです。

しかも、病気の療養ははかばかしく進みませんでした。結核を癒やすための人工気胸療法を受けるには、最寄りのサン＝テチエンヌという地方都市に出なければなりませんが、ル・パヌリエの農場から最寄りの町ル・シャンボンまでは四キロの険しい道のりを歩かなければなりませんでしたし、ル・シャンボンからサン＝テチエンヌまでは、汽車で三時間、バスなら四時間もかかりました。当時の『手帖』にはこんな記述があります。

「死の感覚は、僕にとっていまではもう親しいものになっている。そこにはもはや苦痛による救いもないのだ。苦痛は人を現在に縛りつけ、闘いを要求し、『気晴らし』をさせてくれる。だが、吐血まみれのハンカチを見ただけで、なんの苦労もなく死を予感するのは、眩暈《めまい》を起こすような感じで時間のなかに沈みこんでしまうことだ。それは、これからやって来るものをただ恐れることだ」

しかし、ル・パヌリエに来てからほぼ半年が経過した一九四三年一月、カミュはパリに二週間だけ滞在します。もちろん病気は完治しておらず、金銭も乏しく、パリの街は完全にナチス・ドイツに支配されて陰鬱な様相を呈していました。とはいえ、ふたつの収穫があったのです。

ひとつは、二年前に「パリ・ソワール」紙で働いていた時代に同僚で仲よしだった女性ジャニーヌ・トマセと再会したことです。ジャニーヌは、ガリマール社の社長ガストン・ガリマールの甥であるピエールと結婚して、ジャニーヌ・ガリマールになっていました。カミュはジャニーヌと旧交を温めただけでなく、夫のピエールのほか、ガストンの二番目の弟レーモンの息子ミシェルなど、ガリマール一家と友誼《ゆうぎ》を結びます。とくにミシェルとは意気投合し、カミュとジャニーヌとミシェルの三人は文字どおり終生の友人となります。一九六〇年にカミュは自動車事故で急死しますが、この自動車はミシェルが運転し、カミュが助手席、後部にジャニーヌとその娘アンヌが同乗していて、ミシェルも五日後に亡くなるからです。

マリア・カザレス、サルトルとの出会い

もうひとつの収穫も、ジャニーヌ・ガリマールがもたらしました。ジャニーヌはパリの「マチュラン座」で上演中の芝居、ジョン・ミリントン・シング作の『悲しみのデアドラ』にカミュを連れていきました。マチュラン座の座長を務める俳優マルセル・エランと知りあいだったからです。エランは、スペイン生まれの若い女優マリア・カザレスを見出し、彼女をデアドラ役に据えてこの舞台を演出し、大成功を博していたのです。芝居が終わると、ジャニーヌはカミュを楽屋にひっぱっていき、エランとカザレスに紹介します。これが運命の出会いでした。

その後、カミュとマリア・カザレスは激しい恋に落ちるからです。ちなみに、マルセル・エランはまもなく撮影に入る映画『天井桟敷の人々』

マリア・カザレスとカミュ。1948年、パリのマリニー劇場にて。

(一九四五年)で、殺人犯で詩人のラスネールを演じ、日本の映画ファンにまで強烈な印象を残すことになります。マリア・カザレスもまた、エランの推薦で、『天井桟敷の人々』に出演し、主役バチスト(ジャン＝ルイ・バロー演)の可憐な妻ナタリーに扮しています。

ピエール・ガリマール夫妻との友情が生まれたことから、カミュは同じ年の六月にもパリに行きました。このときの収穫もまた大きなものでした。「聖なる怪物」と呼ばれた大女優の名をとって「サラ・ベルナール座」と呼ばれた劇場は当時、ベルナールがユダヤ人だったため「都市劇場」と改名されていたのですが、その劇場でジャン＝ポール・サルトルの戯曲『蠅《はえ》』(一九四三年)が上演されることになっていました。その初演前の総稽古で、カミュはサルトルに紹介されたのです。これもまた運命の出会い、波瀾万丈の友情の始まりというべきものになります。

そして同年一一月、ミシェル・ガリマールらの尽力によって、カミュはガリマール社で企画審査委員という正式の職を得ることになります。さらに、ガストン・ガリマールの創設した「プレイヤード文学賞」の応募原稿を読むことが主な仕事である文学賞審査委員のひとりにも選ばれたのです。この委員の新任にはサルトルもまた選ばれていました。

パリのサン＝ジェルマン＝デ＝プレにある有名な「カフェ・ド・フロール」がサルトル

の根城でした。カミュはこのフロールで、サルトルの思想的同志であり恋人でもあるシモーヌ・ド・ボーヴォワールを紹介されました。

ボーヴォワールが語るカミュ

サルトルはカミュが演劇に精魂を傾けていたことを知ると、自分の新作の戯曲『出口なし』（一九四四年）のことを持ちだし、話をするうちに、カミュにこの芝居の演出と出演（主役のひとりガルサンの役）をひき受けてほしいと頼みました。もちろん最初はカミュも断りましたが、サルトルが本気であまりにも熱心に懇願するので、ついに承知して、ボーヴォワールの部屋で下稽古をするところまでいきました。

「この冒険に飛びこんだカミュの迅速果断さ、そこに現れた彼の精神の柔軟さが、サルトルと私のカミュにたいする友情を生みだした。［…］カミュは私より数歳年下だった。彼の若さと自立性が私たちを近づけた。私たちはいかなる流派とも関係なく、たったひとりで自分を作りあげた。家庭のようなものもなく、いわゆる階層とも無縁だった。カミュもまた私たちと同じく、個人主義から政治参加へと移ってきたのだ。［…］カミュは成功と名声を大喜びで受けいれ、それを隠そうともしなかった。そんなものはうんざりだという態度をとったりしたら、かえって不自然だっただろう。カミュはときどきラスティニャック［バルザックの『ゴリオ爺さん』に登場する野心家の青年］のような態度を見せたが、本気ではないように思われた。彼は単純で、陽気だった。上機嫌で、軽い冗談も好きだった。［…］無頓着さと情熱とが幸福な混合をとげて魅力となり、俗悪さを遠ざけていた。カミュのなかでとくに私が気にいったのは、自分の仕事や欲望や友情に激しくのめりこみながら、事物や人間に執着せずに微笑むことができるところだった」（ボーヴォワール『年齢の力』一九六〇年。邦訳題『女ざかり』）

ボーヴォワールが回想録のなかでこう記したのは、すでにサルトルとカミュのあいだに論争が起こり、サルトル＝ボーヴォワールとカミュとが喧嘩別れしたあとのことですが、ボーヴォワールはきわめて公平かつ率直に若き日のカミュの魅力を活写しています。

結局、『出口なし』は有名な「ヴュー＝コロンビエ座」で上演されることになり、そのため名の知れたプロの演出家と役者が必要だと判断したカミュは、この芝居から手を引きます。

いっぽう、第一回のプレイヤード文学賞の審査委員会には、フランス文壇の錚々《そうそう》たるメンバーが集まりました。新人というべきカミュとサルトルのほかに、アンドレ・マルロー、ポール・エリュアール、モーリス・ブランショ、レーモン・クノー、ジャン・ポーランといった重要な文学者たちです。第一回の受賞作として選ばれたのは、カミュとサルトルが推したマルセル・ムルージの『エンリコ』でした。ムルージは数年後に「小さなひなげしのように」という詩的で残酷なシャンソンの大ヒットを飛ばし、一躍スターの座に躍りでますが、当時はまだ無名の役者兼物書きでした。

戦時下とはいえ、カミュはサルトルと仲間になって、画家のピカソやブラック、演劇人のジャン＝ルイ・バロー、文学者のジョルジュ・バタイユなどを交えた陽気な宴会の常連のようになっていきました。しかし、その一方で、カミュは自作の演劇上演にむけて情熱を燃やしながら、秘密の活動にも身を投じることになります。その秘密の活動とは、レジスタンス（対独抵抗運動）でした。

第五章　戦争への参加
――レジスタンスの日々

「ドイツ人の友への手紙」における倫理観

　第二章で述べたように、一九三九年九月にナチス・ドイツがポーランドに侵攻し、第二次世界大戦が始まったとき、カミュはまだ故郷アルジェリアにいて、「アルジェ・レピュブリカン」紙の新聞記者として、戦争反対の論陣を張りました。これは、ドイツとの戦いを反ファシズムの闘争として肯定するフランスのジャーナリズムの主潮とは違って、勇気のある発言でした。カミュは、民族間の憎悪を煽る戦争は、最終的に、絶望と無関心に行きつくだろうとして、戦争に反対したのです。

　しかし、それからほぼ四年が経過した一九四三年、カミュは心境の変化を表明します。その重要な文書が「ドイツ人の友への手紙」です。これは架空のドイツの友人に宛てた四通の手紙からなるもので、その最初の一通が一九四三年七月に書かれて、ナチス・ドイツ占領下の非合法誌「ルヴュ・リーブル（自由の雑誌）」に発表されました。

そこでカミュは、祖国ドイツのためにすべてを犠牲にすべきだと語ったドイツの友にたいして、自分が戦争に参加するとしても、それは祖国のためではない、と言明します。ナチス・ドイツが絶対視する祖国という観念が、しばしば他者の存在を否定する独善的なものとなることを恐れたのでしょう。戦争に参加するとしたら、それは正義のためではあるが、自分は憎悪と暴力が空しいものであることを知っているし、戦争を軽蔑しながら戦うのだ、とカミュは語ります。つまり、彼は戦争をけっして肯定していないのです。

しかし、屈辱と、沈黙と、牢獄と、処刑と、飢餓と、強制労働と、「やせ衰えた子供たち」という犠牲を払わされた末に、ついに戦争に参加するのだといいます。にもかかわらず、カミュは、人間に人間を殺す権利があるのか、この世界の恐るべき悲惨にさらなる悲惨をつけ加えることが許されるのか、という問いを放棄しません。この文章が勇ましい戦争宣言ではなく、「友への手紙」という慎ましい形式をとっているのは、その逡巡《しゅんじゅん》ゆえなのです。そして、この戦争は、狂信と自己犠牲、暴力とエネルギー、残酷さと力、つまり、虚偽と真実とを区別するための闘いになるはずだ、と語ります。

戦争は端的にいって組織的な人殺しです。したがって、カミュは戦争に心底反対なのです。この文章には、その戦争に当事者として参加するほかないと決意したカミュの深い苦《く》衷《ちゅう》が表れています。

レジスタンスにおけるカミュの役割は、非合法新聞「コンバ（闘争）」の編集と執筆でした。銃をもってナチス・ドイツの兵士と対峙したわけではありません。しかし、この「第一の手紙」に表れている切迫した調子を見れば、カミュは戦争においてみずからの手で敵を殺す可能性も考えたうえで、この苦渋の選択をしたのだと察することができます。それほどここからは倫理的な緊迫感が強く伝わってきます。

一九四三年一二月に書かれた「第二の手紙」では、ナチス・ドイツに逮捕されて銃殺されることになった一六歳の少年の実話が語られます。少年はほかの一〇人のフランス人といっしょにトラックに乗せられて処刑場にむかったのですが、トラックから逃げだそうとして失敗し、結局、銃殺されます。この話をカミュにしたのは、少年の銃殺に立ちあったフランス人の司祭でした。カミュは、祖国のための戦争には神様さえ動員されるのだ、と憤ります。そして、知性が戦争への参加をためらうときでも、そのためらいを怒りが破るためには、ひとりの少年の死だけで十分だというのです。

ここには、先にも引用された「やせ衰えた子供たち」と同じく、子供たちの悲惨に過剰ともいえる感情的反応を示すカミュの特質が表れています。数年後に発表される『ペスト』において、無垢なる子供の死という主題は、その強烈な表現を見出すことになります。無垢なる子供たちの死とは、カミュにとって、世界の不条理のもっとも残酷な表れなのです。

カミュは「第三の手紙」（一九四四年四月）では、ヨーロッパという概念をひきあいに出し、ドイツがその真実と美の歴史を無視して、それを生産力と軍事力の尺度で測る過ちを犯していると批判します。

そして「第四の手紙」（一九四四年七月）では、きみたちドイツ人が人間を無視して、暴力と征服の現実主義を信奉するのにたいし、われわれは人間を救うことを唯一の目的として闘うのだと語り、われわれがきみたちを破壊するとしても、けっしてきみたちに憎悪はもたない、と結論します。このようにして自分を戦争に差しむけようとしていたカミュは「第一の手紙」のすぐあとの時期の『手帖』にこう記しています。

「出来事にいちいち絶望するのは卑怯者だが、人間の条件に期待を抱くのは狂人だ」（一九四三年九月一日）

つまり、ドイツのパリ占領に絶望せず、戦争への参加を決意したカミュは卑怯者ではなかったのですが、ナチス・ドイツと闘おうとする自分たちの人間の条件に関しては、まったく楽観していなかったのです。

地下新聞の編集長「ボシャール」

一九四三年一一月、すでに第四章で述べたように、カミュはガリマール社から企画審査委員のひとりとして選ばれ、結核療養先のル・パヌリエからパリに出てきます。そして、パリに住居を定めるとまもなく、レジスタンス勢力との接触を果たすことになります。その組織は「コンバ（闘争）」と呼ばれ、機関紙である「コンバ」を発行していました。「コンバ」は非合法の地下新聞ですが、その発行部数は最盛期で二五万部から三〇万部に達したといわれますから、非常に大規模な活動をおこなっていたのです。「コンバ」紙の印刷と配送をひき受けていた責任者は、アンドレ・ボリエというレジスタンスの闘士です。ボリエはその後、ゲシュタポと通じるフランス警察にリヨンの自宅を包囲されて、銃撃戦となり、機関銃の弾丸を浴びながら、応戦していたピストルで自決することになります（一九四四年六月）。

この「コンバ」紙にカミュを誘ったのは、またしてもパスカル・ピアでした。ピアは一九四三年の八月から「コンバ」の編集長を務め、レジスタンス運動の重要な一員になっていたのです。ピアに誘われて「コンバ」の集会に出たカミュは、地下新聞「コンバ」の編集を助けることを約束します。こうして、カミュのレジスタンス活動が始まりました。

ところが、カミュを「コンバ」紙に推薦したピアは、まもなく別の密命を帯びて「コンバ」の編集から離れてしまいます。そこで「コンバ」の編集長をカミュがひき継ぐことになったのです。むろん、ゲシュタポの厳重な監視下での非合法活動ですから、見つかれば拷問と処刑を覚悟しなければなりません。仲間内でも本名を知られないように、「コンバ」の活動に就く者は偽名で呼びあいました。カミュは「ボシャール」になったのです。こうして、ガリマール社の企画審査委員とレジスタンスの非合法工作員という二重生活が始まりました。

カミュがパリに来るすこし前まで、ガリマール社の有力文芸誌である「NRF（新フランス評論）」は、対独協力作家ピエール・ドリュ＝ラ＝ロシェル（のちにルイ・マルが映画化する『鬼火』の原作小説家）が編集長を務めていました。したがって、周囲には対独協力作家たちもいたので、カミュは自分の政治的立場を慎重に偽装しながら、レジスタンスの活動に従事する必要がありました。

カミュは「コンバ」の編集をおこない、しだいに論説の執筆もおこなうようになります。論説は仲間たちとの合作によることも多かったのですが、カミュがその主導権を握ることにより、「コンバ」の文体は、この種のパンフレット類にはめったに見られない力づよさと格調の高さを帯びていくようになります。

さきほど、カミュの「ガリマール社の企画審査委員とレジスタンスの非合法工作員という二重生活」が始まったと述べましたが、これは正確ではありません。なぜなら、このときカミュは自作の戯曲のはじめてのパリ上演を準備していたからです。カミュは文学者とレジスタンスの闘士と演劇人という三重生活を、信じられないような密度で送っていたのです。

戯曲『誤解』に表れる重要なモチーフ

準備中の戯曲のタイトルは『誤解』（一九四四年）で、一九三五年に実際にユーゴスラヴィア（現セルビア共和国）のベオグラードで起こった事件をもとにしています。カミュはアルジェリアにいた時代にこの事件を新聞で読んで大きな関心を抱き、『異邦人』のなかでこの事件を、舞台をチェコに変えて紹介しています。主人公ムルソーが殺人の容疑で留置所に入れられたとき、彼はベッドの布団と木の台のあいだに古新聞を発見し、その事件の記事を読んだのです。

「ジャンという男がチェコの村を出て、ひと儲けしようと思った。二五年ののちに金持ちになり、妻とひとりの子供を連れて帰ってくる。男の故郷の村で、母は妹娘のマルタといっしょにホテルを経営していた。男は母と妹を驚かすため、妻子を別の宿に置いて、母のホテルに行く。だが、男が入っていっても、母はそれが誰だか分からない。男は母をからかうため、そこに宿を取ろうと思いつく。男は金を見せる。その夜、母と妹は金槌《かなづち》で殴って男を殺し、その金を盗み、死体を川に投げすてる。朝になると男の妻がやって来て、それとは知らずに男の素性を明かす。母は首を吊った。妹は井戸に身を投げた。僕［ムルソー］はこの話を数えきれないほど何度も読んだと思う。一方では信じがたい話だ。だが他方、当たり前の話でもある。いずれにしても、僕が思うに、この男はこんな仕打ちを受けてもしかたがない、けっしてふざけてはいけないのだ」

戯曲化された『誤解』は、男の子供が登場しないこと、妹が井戸に身投げしないことを除けば、基本的にこの『異邦人』に紹介されたあらすじを踏襲しています。救いようのない陰惨な話です。そのため、この戯曲は不評をこうむることになります。しかし、カミュは、『異邦人』にも引用したほどこの話に強いインスピレーションを触発され、もうひとつの戯曲『カリギュラ』とほぼ同時期に完成させて、パリの劇壇に問う第一作としたのです。そこには、いくつかの重要なモチーフを見ることができます。

不条理を前にしても「神にすがってはいけない」

ひとつめは、その「救いようのなさ」そのものが、カミュの当時の心境の反映だったという事実です。カミュの死後、遺稿のなかから発見されたふたつの短い文章が、この戯曲について語っているのですが、その最初の文章のなかで、カミュは『誤解』が結核療養のために滞在したフランスの山岳地方で書きはじめられたことに注意を促し、それが閉所恐怖と呼吸困難の雰囲気を生みだしている、と説明しています。

また、もうひとつの文章にはこう書かれています。

「『誤解』はたしかに陰惨な戯曲だ。これは一九四三年、私が愛していたものすべてから遠く離れて、敵に占領され包囲された国の真っ只なかで書かれた。流刑の色を帯びているのだ」

つまり、カミュは結核という内なる敵と、ナチス・ドイツという外なる敵の二重の脅威にさらされ、その重圧の下でこの戯曲を書きあげたのです。そこにはカミュの重苦しい内面が反映しています。

ふたつめは、ジャンの妹マルタの人間造形です。マルタがジャンを殺して金を盗む動機は、この悲しい東欧を去って太陽と海の土地へ行って自由に暮らす資金を得るためです。太陽と海の土地とは、カミュの愛していたものすべてがある地中海のことでしょう。しかし、マルタがそこへ行くことはありません。カミュはそうした欲望を抱くマルタを罰することで、敵に占領され包囲されたパリから逃げだしたいと思う自分自身の無意識の欲望を罰しているのです。

三つめは、自分を偽ってはならないという倫理です。ジャンはふざけて自分を他人だと偽り、殺されます。『異邦人』のムルソーは、けっして自分を偽らないことを自らのモラルにした人間です。だからムルソーは、この男がこんな仕打ちを受けてもしかたがない、と冷静に考えるのです。

四つめは、この戯曲がやはり不条理を主題としていることです。『誤解』に登場する人物たちは、まったく不条理な出来事に襲われ、ジャンと母は死に、妹マルタは失踪し、最後にジャンの妻マリアが残されます。この戯曲のラストでマリアは、こんな砂漠のような場所では生きていけないといって、神にすがり、私を憐れんでください、助けてください、と懇願します。すると、このホテルの年老いた召使が現れるのですが、この老人は耳が聞こえないので、マリアの「助けて」という叫びに、「聞こえません」という意味で「ノン（否）」と答えるのです。恐るべき皮肉な幕切れです。

しかし、これはドラマの終幕を印象づける皮肉な彩りであると同時に、思想家カミュの不条理を前にした決意表明でもあります。世界の不条理から救済されるために神や永遠など超越的なものにすがっても無益だという痛烈なメッセージです。彼岸での永遠の救いなど待望せず、人間は〈いま・ここ〉で自分の力を尽くして闘うほかないのです。

このように『誤解』は、当時のカミュの抱くモチーフが複雑に絡みあった戯曲であり、カミュは多くの演劇人にこの作品を読んでもらいましたが、はかばかしい返事は得られませんでした。ところが、思わぬところから、救いの手が差しのべられたのです。前章で述べたように、かつてカミュはジャニーヌ・ガリマールに連れられてパリのマチュラン座でジョン・ミリントン・シング作の『悲しみのデアドラ』の上演を観に行ったことがありました。そして、ジャニーヌの紹介で、この劇場を主宰する俳優兼演出家マルセル・エランと、エランがこの芝居のヒロインに抜擢した若い女優マリア・カザレスに会いました。そのエランが『誤解』を上演したいといってきたのです。

マリア・カザレスとの再会

マチュラン座はパリで名高い権威ある劇場のひとつでした。座主のエランはこの劇場の上の部屋に住んでいて、映画『天井桟敷の人々』で彼自身が演じた人殺しの詩人ラスネールのように、知性にあふれる皮肉屋でした。また、社交界が大好きなスノッブで、同性愛者でもありました。エランは、『誤解』の登場人物が全部で五人しかいないことから、戦時下での簡素化された上演に適すると判断したのです。そして、『誤解』の情熱的な女性マルタの役に、『悲しみのデアドラ』で抜擢し、『天井桟敷の人々』の出演に推薦したマリア・カザレスを充てたのです。

スペイン生まれのカザレスはこのとき二一歳でした。マチュラン座の事務室で『誤解』の最初の本読みがおこなわれたとき、カザレスとカミュ（三〇歳）は再会し、ふたりが恋に落ちるのに時間はかかりませんでした。

このころカミュは、ガリマール社から数分のところにあるアンドレ・ジッドの住居に隣接するジッドのもちものであるひと部屋を借りて住んでいました。ジッドが戦争を避けて南仏や北アフリカに行っていたので、部屋が空いていたのです。カザレスはしばしばこの部屋を訪れました。

一九四四年六月五日の夜のカミュとカザレスの姿が、ボーヴォワールの回想録『年齢の力』（邦訳題『女ざかり』）に点描されています。ボーヴォワールの女友だちのパーティでのことです。わずかな言葉のなかから、このときカザレスの感受していた幸福が浮かびあがってくるような描写です。

「カミュが、マチュラン座で『誤解』を稽古中のマリア・カザレスを連れてきた。カザレスは紫と藤色の縞《しま》の入ったロシャスのドレスを着て、黒い髪をひっつめにしていた。ちょっと甲高い声で笑うと、若く白い歯がきらりきらりと見え、彼女はとても美しかった」

このパーティの夜、深夜をすこし過ぎた瞬間に、第二次世界大戦の帰趨《きすう》を決する重大な事件が起こります。アメリカ軍のパラシュート部隊がノルマンディ地方のユタ・ビーチに降下しはじめたのです。ノルマンディ上陸作戦の始まりです。この夜、カミュとカザレスはひと晩じゅういっしょにいて、翌朝、ラジオでノルマンディ上陸作戦のことを知りました。一生忘れられない夜になったわけです。

『誤解』の稽古も順調に進み、六月二四日、マチュラン座で客を入れた総稽古がおこなわれました。結果は散々なものでした。パリの客たちはこの芝居の陰惨さに辟易して口笛を吹いたり野次を飛ばしたりし、いっぽう、カミュとエランを支持する仲間たちは盛大な拍手で応じました。

その後の興行も順調とはいえませんでした。なぜなら、アメリカ軍がノルマンディからパリに進むにつれて、パリを占領するドイツ軍は警備をさらに厳重化し、電力制限も続いたため芝居どころではなくなり、『誤解』はひと月ほどで公演中止に追いこまれたのです。

不条理な運命を突破するレジスタンス

レジスタンス活動も危ない橋を渡るようになっていました。実生活でも情熱的なカザレスはカミュの「コンバ」紙での活動に共感を示します。そして、カミュがカザレスと連れだって「コンバ」のレイアウト紙面の原図を運んでいるとき、ドイツ軍とフランス警察の検問にひっかかってしまいます。とっさにカミュはそれをカザレスに渡し、所持品検査をやりすごします。カザレスのほうは身分証明書の提示を求められただけでした。

さらに、カミュの仲間で、「コンバ」の重要な編集者であるジャクリーヌ・ベルナールがゲシュタポに逮捕されてしまいます。その日の夕方、カミュは、「コンバ」紙の配布に協力したいと申しでたカザレスをベルナール家の人々に会わせる約束をしていたのです。にわかに身辺が危険になり、カミュはガリマール家の人々（カミュの親友ミシェル、ミシェルの従弟のピエール、ピエールの妻ジャニーヌ）に助けられて、パリから数十キロ離れたヴェルドロにあるガリマール家の知人の家に自転車でむかいます。ここに隠れてカミュとガリマール家の三人は、用心しながらも、短いバカンスのような日々を過ごしたのでした。

その後、ささやかな椿事《ちんじ》が発生します。ミシェルとジャニーヌが愛しあうようになり、ピエールを悲嘆のどん底に突きおとしたのです。カミュはピエールを慰めて、ジャニーヌと離婚させ、ジャニーヌはミシェルとあらためて結婚することになりました。

そんな個人的な事件をよそに、戦争は最終局面に入っていました。八月一八日から、アメリカ軍とレジスタンスによるパリ解放の戦闘が始まり、翌一九日にはパリ市民が蜂起します。いっぽう、映画『パリは燃えているか』（一九六六年）に描かれたように、ヒトラーはドイツ軍の敗北の前にパリを全面的に破壊・炎上させることを命じていたのですが、命令を受けたパリの指揮官コルティッツ将軍はヒトラーに従わず、スウェーデン領事の仲介によって連合国側との停戦交渉に入っていました。かろうじてパリは炎上の運命を免れ、

「コンバ」紙の同僚たちとカミュ。同紙は、彼のレジスタンス活動の中心だった。

世界でいちばん美しいといわれる街並みを後世に残すことができたのです。第二次世界大戦のとりわけスリリングな一幕でした。

八月二一日には、レジスタンス派の新聞がド・ゴール将軍の臨時フランス政府から合法発行の許可を受けたので、「コンバ」紙もパリの街頭で公然と売られるようになりました。この「コンバ」紙の論説で、カミュは連日、「闘い《コンバ》は続く」「抵抗から革命へ」「裁きの時」「奴らを通さない」といった刺激的なタイトルで闘いを鼓舞する健筆をふるいます。それが最高潮に達するのは、八月二四日の「自由の血」と題する記事です。この文章はこう始まります。

「この八月の夜、パリはもてるすべての弾丸を撃ちつくす。石と水のこの巨大な舞台の上で、歴史の重い波を蹴立てるこの河のまわりで、自由のバリケードが、またふたたび、立ちあがったのだ。人間の血で、またふたたび、正義が贖《あがな》われねばならない。［…］時が証人となるだろう、フランスの人民は殺すことを望まず、浄《きよ》い手のままで戦争に入ったと。これはフランスが選んだ戦争ではない。それゆえ、フランス人が突如銃を握りしめ、闇のなかで、二年間のあいだ戦争などたやすいものだと信じてきた兵隊たちに絶え間なく銃弾を撃ちつづけるためには、その正義は巨大でなければならなかった。

そう、フランス人の正義は巨大だ。それは希望の広さと反抗の深さをもっている」引用部最後の「反抗」という一語にカミュらしさが出ています。不条理な運命を突破するには、反抗こそが不可欠の条件なのです。

解放、そして新たな難問

そして、翌八月二五日はパリ解放の日です。「コンバ」紙におけるカミュの「真実の夜」と題する論説文は、解放目前のパリを描く次のような一節で始まります。

「自由の銃弾がまだ音を立ててパリ市内を飛びかうなか、解放の戦車の砲列は、歓声と花々に囲まれてパリの市門から入城した。八月のもっとも美しくもっとも熱い夜、パリの空は、永遠の星のあいだに、曳光弾《えいこうだん》と、火災の煙と、人々の歓喜を表す色とりどりの打ち上げ花火とを交えた。この比類なき夜のなかで、フランスがみずからの恥と怒りと闘った、残虐非道な歴史と言語に絶する闘争の四年間が終わろうとしている」

そこには、明らかな勝利の喜びの調子が見られます。しかし、カミュはその歓喜ですべてを忘れることなく、苦渋に満ちた短い言葉をつけ加えています。

「人は殺人と暴力で生きつづけることはできないのだ」

そして、こう結論します。

「人間の偉大さとは、自分にあたえられた条件よりも強くあろうとする決意のなかにある。そして、その条件が不当であろうとも、それを乗りこえる方法はひとつしかない。正しく自分自身でありつづけることだ」

ここには、『シーシュポスの神話』で鍛えあげられた、不条理に立ちむかうカミュの哲学の本質が表れています。不条理とは、個人的な人間の条件から出発して、戦争や天災や疫病など巨大な規模の災厄にまで拡大しうる概念なのです。このときカミュが書きつつあった『ペスト』という長編小説は、疫病の脅威に立ちむかう人々の物語ですが、そこには当然、この戦争と抵抗運動の経験が反映することになります。

戦争が終わって、フランス人が最初に直面した大問題は、ナチス・ドイツに協力した自分たちの同胞にどう対処すべきかということでした。「コンバ」紙はむろん、対独協力者は死刑を含めて容赦なく処分すべきであるという考えで、はじめはカミュもそれに同意していました。そして、たとえばナチス・ドイツの傀儡政権であるヴィシー政府を率いたペタン将軍にたいして情け無用の裁きを求めました。

こうしたカミュの意見に反対したのが、大御所の小説家フランソワ・モーリヤックでした。モーリヤックは「フィガロ」紙で論陣を張り、カトリック教徒の立場から慈悲を説き、対独協力者への粛清の行きすぎに警告を発しました。

こうして有名なカミュ＝モーリヤック論争が始まったのですが、人間の正義を主張するカミュと神の正義（慈悲）にくみするモーリヤックとのあいだに妥協の余地はなく、論争はたがいの敵意をエスカレートさせるばかりでした。しかも、そこには、古い文学を代表するモーリヤックと新しい文学の担い手であるカミュとの新旧闘争という側面もありました。カミュのほうが若い世代の支持を受けて優勢であるように見えました。

しかし、カミュの姿勢はしだいに変化していきます。戦争の勝利の熱狂が冷めてみると、粛清という名の死刑の問題がカミュの心に重くのしかかりはじめます。そもそもカミュは死刑には深い嫌悪を抱き、本質的に反対でした。死刑については、『ペスト』で重大な問題提起がなされるので、詳しく論じるのはそのときにします。

ともあれ、カミュとモーリヤックとの論争のさなかに、対独協力作家ロベール・ブラジヤックの裁判が開かれ、そのナチズム擁護、反ユダヤ主義、レジスタンス攻撃の姿勢が裁かれて、死刑を宣告されます。

そして、モーリヤックを中心に特赦請願の運動が起こったとき、マルセル・エイメ（『第二の顔』や『壁抜け男』で有名な小説家）からカミュのもとに、ブラジヤックの特赦請願書への署名を求める手紙が届きます。カミュは悩みに悩んだあげく、署名を承諾する返事を送ります。

カミュはブラジヤックという人間を軽蔑していましたが、死刑という非人間的制度への本質的な嫌悪感のほうがそれを上回ったということです。ただし、カミュはこの署名は個人的な考えからするもので、「コンバ」紙の編集長という立場からではないとつけ加えるのを忘れませんでした。

第六章　演劇人としての成功
――『カリギュラ』の二重性

妻フランシーヌとの再会

対独協力者を死刑にすることは許されるのか？　ナチス・ドイツとの戦争の直後、カミュが直面したのは、この重大な倫理的問題でした。そして最初は死刑もやむなしという立場から、死刑への反対を主張する作家モーリヤックと論争をおこないました。

しかし、ナチズムを支持した作家ブラジヤックに死刑の判決が下され、それにたいする特赦請願書への署名を求められたとき、カミュは苦慮の末、当初の考えを変えて、死刑撤回の請願書に署名します。この請願書には五九人の賛同が集まり、そのなかには、カミュのほか、モーリヤック、ヴァレリー、コクトー、コレット、ジャン＝ルイ・バローなど著名な作家や演劇人が含まれていました。代表者のモーリヤックは死刑執行の権限をもつシャルル・ド・ゴール将軍（当時。のちに第一八代大統領）と会見し、助命を求めます。しかし、ド・ゴールはこれを拒否して、ブラジヤックの死刑執行を許可します。一九四五年二月六日、ブラジヤックは銃殺されます。享年三五でした。

対独協力者の粛清の是非をめぐってモーリヤックと論争を交わしていたころ、カミュの私生活にも重大な出来事が起こります。妻のフランシーヌがアルジェリアからパリに出てきて、夫婦は再会したのです。一九四二年一〇月に、カミュの結核療養先だったフランス中央山塊地方の小村、ル・パヌリエで別れてから、丸二年も経っていました。

しかし、この再会は純粋な喜びをもたらすというわけにはいきませんでした。なぜならカミュは目下マリア・カザレスを熱愛していて、ふたりでメキシコにでも行こうかなどと夢のようなことを話題にしていたからです。フランシーヌがパリに来る前に、彼女の姉のクリスティーヌが先にパリにやって来ました。フランシーヌには仲のいいふたりの姉がいて、長姉がクリスティーヌ、次姉がシュジーです。クリスティーヌはすぐにカミュとカザレスのただならぬ仲を察知し、そのことを妹に伝えました。フランシーヌはカミュの暮らすアンドレ・ジッドのもち部屋に落ち着きましたが、二年ぶりの夫婦生活が荒れ模様だったことは想像に難くありません。気性の激しいカザレスはカミュとの別れを決意しますが、そう簡単にはいきませんでした。カミュはカザレスを本気で愛しており、ふたりの関係は波乱含みでまだまだ続くことになります。

しかも、一九四五年の春には、カミュの実人生における事件が待ちかまえていました。フランシーヌが妊娠したのです。カミュはカザレスに、妻は自分の妹のようなものにすぎない、とその関係を説明していました。カザレスは「妹」の妊娠を知って、いよいよカミュとの別れを強く決意しました。

同じ一九四五年の四月、カミュは三年ぶりにアルジェリアに帰還します。そして、故郷に残した最愛の母や旧友たちとの再会を果たしますが、この滞在の主たる目的は、自分が編集をおこなっている日刊紙「コンバ」にアルジェリアの現状のルポルタージュを書くことでした。

翌五月、カミュは「コンバ」紙に八本に及ぶ記事を発表し、植民地支配からの独立運動に揺れるアルジェリアの現状を分析します。カミュの立場は、フランスとの連合関係を維持したうえで、現地のアラブ人と入植したフランス人が完全に平等な権利を有するアルジェリア自治共和国を設立するべきだというものでした。その後も、アルジェリア独立をめぐるカミュの考えの基本線は変わりません。カミュには、自分の生まれ育った故郷がフランスとまったく無関係の国になることが耐えがたかったのです。

しかし、カミュのこの考えは、その後アルジェリア独立運動の主流をなす、フランスの支配を撥《は》ねのけ、完全なアラブ人国家の独立を求める急進派の主張と相容《あいい》れませんでした。そのため、アルジェリア独立運動のなかでカミュは孤立し、苦悩します。この孤立と苦悩がカミュの後半生を暗く染めることになるのです。

カミュ、原爆使用を批判する

前述のようにこのころ、カミュはジッドの所有するパリ七区のヴァノー通りにあるアパルトマンを借りて住んでいました。戦争を避けて南仏や北アフリカで暮らしていたジッドがパリに帰ったとき、ヴァノー通りの住居でジッドを出迎えたのは、借家人であるカミュの妻フランシーヌと彼女の次姉のシュジーでした。

ジッドは、若き日のカミュが愛読し尊敬した作家だったので、四〇歳以上も年の差がありながら、ふたりはすぐに親しくなりました。カミュとジッドは隣同士の部屋に住んでおり、ヨーロッパにおける第二次世界大戦終了を告げるドイツの無条件降伏（一九四五年五月）のニュースを、カミュの部屋のラジオでいっしょに聴いたのでした。

しかし、太平洋戦争はまだ続いており、八月には広島に原爆が投下されたというニュースがフランスにもたらされます。カミュはこの原爆投下の異常性に敏感に反応します。日本の敗戦を早めるためという原爆使用の正当化は、当時からアメリカを中心とする連合国において当然のごとく主張されていました。しかし、カミュはそれでは納得しませんでした。一九四五年八月八日の「コンバ」紙の社説で、こう断言しています。

「[原子爆弾の使用によって]いまや機械文明はその野蛮さの最終段階に到達した。遅かれ早かれ近い将来、私たちは、集団自殺と科学的成果の知的な使用とのあいだで、どちらかを選ばねばならなくなるだろう」

世界はまた新たな種類の不条理を抱えこんだということです。

そして、世界が急速な変化に見舞われているのと同様に、カミュの人生にも変化が訪れます。この年の九月、妻のフランシーヌが男女の双子、ジャンとカトリーヌを出産します。三一歳のカミュはいきなりふたりの子供の父親になったのです。カミュは「コンバ」紙の車を借りて、パリ郊外の病院まで妻と子供たちを迎えに行きます。妻を車に乗せ、荷物を積みこんだカミュは意気揚々と運転席につき、「出発！」と叫びます。しかし、フランシーヌがこう指摘しました。

「でも、まだ病院に双子が残ってるわ」

戯曲『カリギュラ』との葛藤

当時、カミュは誕生したばかりの双子のほかにも、重要な関心事を抱えていました。それは自作の戯曲『カリギュラ』の初上演です。パリのモンマルトルの由緒ある「エベルト座」での上演が決まり、主役のカリギュラには、ジャン・ジロドゥ作『ソドムとゴモラ』（一九四三年初演）の天使の役で一躍注目された美男俳優ジェラール・フィリップが抜擢されていました。その稽古が盛夏の八月からエベルト座で始まっていたのです。

長女カトリーヌとカミュ。1947年。彼女は現在、カミュの遺産の管理人を務めている。

『カリギュラ』の初演は、一九四五年九月二六日です。カミュが惚れこんでいた当時二二歳のジェラール・フィリップの好演もあって、この上演は大きな評判を獲得しました。戦時中に不評と不本意な中断をこうむった『誤解』の初演にたいして、『カリギュラ』の初演は、カミュに劇作家としての名声をもたらしました。しかし、カミュは『カリギュラ』の批評についてこんな感想をもらしています。

「三〇編もの劇評。賞讃の理由も、批判の理由も、同じように間違っている。本物の、あるいは感動的な批評はせいぜいひとつかふたつだけだ。これが名声か！　それは最良の場合でも誤解にすぎない。だが、名声を軽蔑するような尊大な態度はとるまい」（『手帖』）

若いときから演劇人を志していたカミュにとって、劇作家としての名声は、『異邦人』で得た小説家のそれより大きな意味をもっていたといえるでしょう。『伝記　アルベール・カミュ』（一九八二年）を書いたハーバート・R・ロットマンは『カリギュラ』について、これは「カミュの生涯をかけた作品である」と評しています。『カリギュラ』は、カミュがごく若い時期に書こうと発案した作品であるばかりか、初演ののちも生涯の最後まで手直しをくり返していくことになるからです。

そもそもカミュが戯曲『カリギュラ』の執筆を思いたったのは、一九三六年ころ（二三歳）のことで、クリスティアーヌ・ガランドなど三人の女性といっしょに、アルジェの高台にあるフィッシュ屋敷、通称「世界をのぞむ家」で共同生活をしていたころのことです。

カミュは、古代ローマの文人スエトニウスが書いた『ローマ皇帝伝』で「怪物」と呼ばれる皇帝カリグラ（「カリギュラ」はフランス語読み）の非道きわまる言行に魅せられており、この家で飼っている二匹の猫にカリとギュラという名前を付けたほどでした。

そして、一九三七年一月の『手帖』には、四幕劇として『カリギュラ』の構想を記し、終幕でのカリギュラのセリフを次のように書きとめています。

「いや、カリギュラは死んでいない。彼はここにいる、ほらあそこにも。きみたちみんなのなかにいるのだ。きみたちが権力をもち、熱情にあふれ、人生を愛するなら、きみたちのなかにいるこの怪物、あるいはこの天使が荒れ狂うのを見ることになるだろう。われわれの時代は死に瀕《ひん》している。さまざまな価値を信用し、ものごとが美しくなって不条理であるのをやめると信じたせいだ。さらばだ、私はふたたび歴史のなかに入る。愛しすぎることを恐れる人びとが、あれほど長いこと私を閉じこめてきたあの歴史のなかに」

ここでは、カリギュラが、普遍的な人間の条件である不条理を体現する存在だと考えられています。そして、この存在が権力や熱情や愛をもって不条理を極限まで追求すれば、その行為は怪物的な恐ろしさをもつと同時に、天使的な美しさをもつものにもなるはずだと示唆されています。カリギュラはローマ皇帝として現世で最高の権力を得ることができために、『異邦人』のムルソーなどとは比べものにならない強度と純粋さにおいて不条理を追求し、怪物の恐ろしさと天使の美しさを同時に実現することができた人間なのです。

「生涯をかけた作品」

すでに述べたように、カミュは小説『異邦人』と哲学エッセー『シーシュポスの神話』と戯曲『カリギュラ』を〈不条理三部作〉と呼びました。『シーシュポスの神話』のなかには不条理を生きる人間の三つの類型として、ドン・ジュアン、俳優、征服者が挙がっていますが、カリギュラは征服者の範疇《はんちゅう》のもっとも過激な例だといえるでしょう。

カミュは一九三八年から翌三九年にかけて戯曲『カリギュラ』の最初の版を仕上げ、当時率いていた演劇集団「仲間座」で舞台にかけることを考えます。主役のカリギュラは自分自身が演じると決めていました。しかし、まもなく第二次世界大戦が勃発して、仲間座の活動は中断され、『カリギュラ』の上演計画もそのまま立ち消えになってしまいます。

しかし、戦争中も『異邦人』、および『シーシュポスの神話』と並行して『カリギュラ』の執筆を続け、一九四一年二月二一日、このときカミュは妻フランシーヌの実家のあるアルジェリアのオランで暮らしていましたが、ついに「〈不条理三部作〉の完成」と『手帖』

に記すことになります。ところが、『異邦人』と『シーシュポスの神話』は一九四二年に相次いで出版することができましたが、『カリギュラ』のほうはさらに手直しが必要で、この戯曲が出版されるのは二年後の一九四四年になります。もうひとつの戯曲『誤解』とのカップリングによる一冊でした。

そして、さきほど述べたように翌一九四五年にエベルト座で晴れて初演を迎えたわけです。しかし、このあともカミュは『カリギュラ』の推敲を続け、この戯曲への執着は衰えを見せません。一九四七年にかなり重要な加筆がおこなわれたほか、初演から一〇年後の一九五五年には、パリの「ノクタンビュール座」で主に青少年の観客を前に、なんと『カリギュラ』をひとりで全文朗読するという荒業も披露します。このときのカミュの様子について、ハーバート・R・ロットマンは『伝記 アルベール・カミュ』にこう記しています。「はじめは単調な朗読だったが、最終幕にむかうにつれてカミュはすべての役柄を演じきり、聴衆は本物の演劇を目の当たりにしているという印象に引きずりこまれた」

さらに、一九五七年のアンジェ演劇祭での上演に際しても大きな変更が加えられ、カミュの事故死の前々年である一九五八年には決定版の『カリギュラ』を出版することになります。まさに「生涯をかけた作品」だったわけです。

人間の条件をこえようとするカリギュラ

さて、この戯曲は、カリギュラが妹ドリュジラの突然の死によって世界の不条理に直面するところから始まります。カリギュラ（ラテン語ではカリグラ）とドリュジラ（同じくドルシラ）の関係は、スエトニウスの『ローマ皇帝伝』ではこう書かれています。

「カリグラは、自分の妹たち全部と関係をもった。［…］このうちドルシラは、まだ少年であったカリグラに処女を犯され、そしてある日、彼と一緒に寝ているところを祖母アントニアに見つけられた［…］。やがて彼女［ドルシラ］は執政官級の人ルキウス・カッシウス・ロンギヌスに嫁《とつ》いだが、カリグラが呼び戻し、公然とおのれの正妻として遇した。［…］彼女が亡くなるとカリグラは国喪を布告した。その期間中、人々は、両親や妻や子供と一緒に談笑し風呂に入り夕食をとると死刑になった。悲嘆と哀傷に耐えられず、カリグラは突然、真夜中に都から逃げ出し、カンパニアを通り抜けて走り、シュラクサイ［シチリア島の都市］へ着くと、そこから再び急いで引き返した、髯《ひげ》も髪もぼうぼうと伸ばしたままで」（国原吉之助訳、岩波文庫。以下同じ）

この彷徨から戻ったカリギュラは自分の心境を次のように語ります。これがカミュの戯曲『カリギュラ』の出発点であり、最重要の論点です。

「この世界は、そのままでは耐えがたい代物だ。だから私には月が必要なんだ、あるいは幸福が、あるいは不死の命が。何か常軌を逸したもの、この世のものではないものが必要なんだ。［…］ドリュジラの死は単にひとつの真実を表しているにすぎない。その真実のせいで月が必要になったのだ。それはごく単純だが、明解そのものの真実、いささかばかげているが、気づくのは難しく、この身に担うには重すぎる真実［…］。つまり、人間は死ぬ、そして幸福ではないということだ」

人間は死ぬ。これがこの世界の不条理の最たるものです。人間は最初から罪もないのに死を宣告された死刑囚だということです。それゆえ、幸福ではありえない。だとするならば、このいわば神から押しつけられた不条理をこえるような不条理を生きて、神をこえ、人間の条件をこえることに挑まねばならない。これがカリギュラの主張です。しかし、それは普通の人間から見れば狂気の沙汰にほかなりません。もちろん、カリギュラはそんなことは承知のうえで、愛人のセゾニアにこういいます。

「お前も私が狂人だと思っているな。［…］私は不可能が王として君臨する王国をひき受けるのだ。［…］私の意志はすべてを変えることだ。［…］そして、すべての邪魔がなくなるとき、ようやく不可能がこの世に実現し、月が私の手に入り、そのときたぶん私自身も変わり、私とともに世界も変わり、そしてついに、人間は死なず、そして幸福になるのだ」

カリギュラは不条理という世界のありかたに、不可能という自分の生きかたを対置するのです。月を自分のものにするということは、その不可能事の象徴のような行為ですが、これはスエトニウスの本に実際に書かれていることです。「カリグラは夜は夜で、皓々《こうこう》たる満月を招き寄せ、一晩中抱擁《ほうよう》し、月光と共寝をしていた」。このわずかな一節からカリギュラという人物の決定的な特質をひき出したカミュの想像力の奔放さに感服してしまいます。『カリギュラ』が抽象的な哲学の絵解きではなく、豊かな内実をもった文学作品として成立しているのは、このように生き生きとしたイメージを有しているからなのです。

かくして、カリギュラが世界の不条理に挑む最初の仕事としておこなうのは死刑です。貴族のみならずローマ帝国の人間は全員、国を、つまりカリギュラを相続者として指定しなければならない。そのうえで適宜その者たちを死刑に処していく。その順序はでたらめに作ったリストに従う。なぜなら、処刑の順序にはなんの重要性もないからだ。これが、人間を生まれたときから死すべき死刑囚として創造した神に反抗するカリギュラのやりかたです。カリギュラにとって、皇帝の権力とは、まさに不可能と自由を生きるための手段なのです。

『ペスト』への予感

カミュが最初に考えていたのは、カリギュラを主人公として世界の不条理と人間の不可能への挑戦を描くということで、その基本的な考えはここまでの説明で明らかになったことと思います。しかし、カリギュラという人間は、不条理と闘い、不可能に挑む英雄としてのみ造形されているわけではありません。カミュはカリギュラを、独裁権力によってこの世に災厄をもたらす悪しき不条理の体現者としても描いているのです。このことがカリギュラの人間像に深みのある陰翳《いんえい》をあたえています。

また、これもスエトニウスが記録していることですが、カリギュラという皇帝は、自分の治世が繁栄しすぎていることに愚痴をこぼし、「何度も繰り返して軍隊の潰滅《かいめつ》、飢餓《きが》、伝染病、火災、大地の亀裂《きれつ》を願っていた」（前出『ローマ皇帝伝』）というのです。カミュはこの「伝染病」という言葉から強いインスピレーションを触発されたはずです。というのも、このころすでにカミュは『ペスト』という小説を構想しはじめており、この小説でペストという災厄に世界の残酷な不条理の決定的な表れを見ようとしていたからです。げんに、『カリギュラ』にはこんなセリフが書かれています。

「わが治世はこれまで幸福にすぎた。ペストの蔓延もなければ、残酷な宗教もなく、クーデタすらない。要するに、後世に名を轟かせるようなものが何もないのだ。いいか、そんなわけもあって、私は運命が慎み深くおこなうのを控えたことの埋めあわせをしようと思う。つまり……分かってもらえたかどうか分からないが、そう、この私がペストの代わりをしてやるのだ」

こうしてカリギュラの不条理は、神に押しつけられた不条理への反抗と、自分の意志を新たな不条理として人間に強制する災厄という二重性を帯びることになります。その矛盾がカリギュラをひき裂き、悲劇的な結末へと導きます。最終幕でカリギュラは鏡を覗きこみながら、自分自身にむかってこう語りかけます。

「だが、私は知っている、お前も知っているだろう、不可能が存在するだけで十分だということを。そう不可能だ！　私は不可能を世界の果てまで、自分の果てまで探しに行った。[…]だが、行くべき道を行かず、何ものにも到達しなかった。私の自由は間違っていた」

このセリフの直後、カリギュラを暗殺しようとする反逆者たちが宮殿になだれこみ、カリギュラに刃を浴びせます。カリギュラは断末魔を迎え、哄笑《こうしょう》しながら最後の言葉を絶叫します。

「私はまだ生きている！」

これは不条理との闘いが永遠に終わらないということと、ペストや独裁者のような災厄がつねに人間を狙っているということの二重の意味で理解されるべきセリフでしょう。その意味で、『カリギュラ』は〈不条理三部作〉と小説『ペスト』とをつなぐ作品ともいえるのです。

初のアメリカ訪問、そして新たな恋

『カリギュラ』初演の成功を見届けたカミュは、翌一九四六年三月、はじめてのアメリカ旅行にむかうため、ノルマンディの港町ル・アーヴルから貨客船オレゴン号に乗って大西洋横断の船旅に出ます。アメリカの出版関係者から招かれ、フランス外務省の後援を受けて正式の文化使節としてニューヨークにむかったのです。この三カ月の旅行のあいだ、生まれてまもない双子と妻のフランシーヌの世話は、親友ミシェルとジャニーヌのガリマール夫妻に頼みました。カミュ一家は、この年のはじめから、アンドレ・ジッドの所有するアパルトマンを出て、ガリマール一族が住むガリマール社のすぐそばに住んでいたのです。

カミュが文化使節としてアメリカ旅行をおこなった当時、ニューヨークでフランス大使館の文化部長を務めていたのは、のちに文化人類学者として構造主義哲学を牽引し、サルトルの歴史観を批判することになるクロード・レヴィ＝ストロースでした。カミュとレヴィ＝ストロースの出会い！　なんとも心躍る知的邂逅《かいこう》のチャンスです。しかし、この偶然の出会いはなんのドラマも生むことなく、レヴィ＝ストロースがカミュをニューヨークのスラム街にある大衆的な演芸場に連れていったという話だけが伝えられています。

カミュはアメリカでも「実存主義」の小説家として知られており、文化的ヒーローとして迎えられました。著名なファッション誌「ヴォーグ」は人気カメラマンのセシル・ビートンを起用して、カミュのポートレイト写真を撮影し、誌面に掲載しました。

このときカミュは、のちに「ヴォーグ」誌の編集長となるジェシカ・デイヴィスから、この雑誌の手伝いをしていたパトリシア・ブレイクという女性を紹介されます。パトリシアは美しい二〇歳の女子大生で、歴史学を専攻し、フランス語も堪能でした。カミュはすぐにパトリシアにデートを申しこみ、その後、どこへ行くにも公然とパトリシアを連れていきました。新たな恋人の誕生です。カミュはフランスに帰国したのちも、パトリシアに熱のこもった手紙を書きつづけることになります。

しかし、パトリシアとの恋の思い出も冷めやらぬうち、カミュはまたしても情熱的な恋愛の相手を見出します。ハンガリー出身のユダヤ人ジャーナリスト、アーサー・ケストラーの当時の妻マーメインです。ケストラーはナチスの独裁とソ連の全体主義を批判し、スペイン内戦ではフランコ軍から死刑を宣告されたり、その後フランスのヴィシー政権によってル・ヴェルネの強制収容所に収容されたりした筋金入りの活動的ジャーナリストです。そのケストラーが、一九四六年一〇月に妻のマーメインを伴って、自作の戯曲『夕暮れのバー』の上演のためにパリにやって来たのです。そして、すぐにサルトル、ボーヴォワール、カミュと親しい友人になり、ケストラーはボーヴォワールと関係をもち、カミュとマーメインは熱烈に愛しあうようになります。永遠《とわ》に恋多き男というべきか、懲りないドン・ジュアンというべきか、カミュは女性を愛することに関して躊躇《ちゅうちょ》や留保をしない（できない）人間でした。

共産主義との対峙

こんなふうにカミュとサルトル、ボーヴォワールとの交友は続いていました。しかし、しだいに共産主義を支持するか否かという政治的な問題をめぐって、不穏な空気が生まれはじめます。カミュとサルトル、ボーヴォワールのあいだに深い亀裂を作りだす原因となったのは、カミュが「コンバ」紙に八回にわたって連載した「犠牲者でもなく死刑執行人でもなく」（一九四六年一一月）という論文でした。カミュは、戦争が終わり、ファシズムが打倒された現在、新たな恐怖政治がニヒリズムと共産主義というかたちで迫っていることに警鐘を鳴らします。そのもっとも本質的な主張は次の一節に要約されるでしょう。

「『目的は手段を正当化する』という原理が承認されたとたん、恐怖政治が合法化される。そして、この原理が承認されるのは、ある行為の有効性が絶対的目標となるときだ。それはニヒリズム思想（すべては許されている、重要なのは成功させることだ）の場合であり、また、歴史を絶対とする哲学（ヘーゲル、次いでマルクス。階級なき社会が目的なのだから、そこにむかう道はすべて正しい）の場合である」

歴史の進歩は共産主義の階級なき社会に至るという、歴史の絶対視をカミュは批判します。そうした正しい社会に至るという目的のためには、反対派の粛清や鎮圧のために殺人や戦争という手段も肯定されるからです。マルクス主義に共感を寄せるサルトルとボーヴォワールは、こうしたカミュの考えかたを、政治につきものの危険を回避するブルジョワ的な保身だと捉えました。こうして、のちのサルトル＝カミュ論争に発展する対立の種がまかれたのです。

さらに、別の危機がカミュを悩ませていました。彼が論説執筆者および株主として参加する新聞「コンバ」が売りあげ不振から絶望的な経営状態に陥っていたのです。そんな危機のなかで、カミュを「コンバ」紙にひき入れた編集者のパスカル・ピアが退職してしまいます。ピアがカミュの気ままな新聞編集への関与を憤ったとか、カミュがピアのド・ゴール派への肩入れを批判したとか、この退職の原因はいろいろに取り沙汰されましたが、ふたりの長年にわたる交友はここでついに途絶してしまいます。

そして、チュニジアの実業家が「コンバ」の赤字と負債の全額をひき受け、新たな経営と編集の体制を再建しようと提案してきたとき、カミュは持ち株をすべて譲渡して、「コンバ」と完全に手を切ります。カミュにとって確実にひとつの時代が終わったのでした。

第七章　小説家の賭け
――『ペスト』の意味するもの

「成功の悲しさ」

　カミュは一九四三年から、レジスタンスの地下新聞「コンバ」の編集と執筆に力を注ぎ、第二次世界大戦終結後、「コンバ」が合法的な新聞となったのちも協力しつづけました。しかし、前章で述べたように、一九四七年六月、経営危機と編集方針の混迷のなかで、カミュは「われらが読者へ」という論説を「コンバ」に発表し、この新聞を去る決意を表明します。所有していた「コンバ」の持ち株はすでにすべて手放していました。

　カミュが「コンバ」編集部に別れを告げた日、親しい編集仲間は、カミュが半年前から居を移していたパリ六区のセギエ通りのアパルトマンに集まりました。いかにもパリの下町らしい土地柄で、サン＝ミシェル広場とセーヌ河岸のすぐそばです。ちょうどこのとき、新作長編小説『ペスト』が印刷・製本から上がってきたばかりでした。カミュは『ペスト』の一冊ずつに献辞と署名を付して、「コンバ」紙の仲間たちに手渡しました。

一九四七年六月一〇日、『ペスト』が書店に並び、初版刊行部数は二万二〇〇〇部でした。売れゆきは好調で、評判も上々、驚いたことに、発売されたその週のうちに「批評家賞」を受賞します。しかし、カミュは賞を受けることは承諾したものの、賞金の一〇万フラン（現在の四〇万円くらい）は受けとりませんでした。

また、自分がガリマール社で務めていたプレイヤード文学賞の審査委員を辞任し、さらには、フランス最高の名誉とされるレジオン・ドヌール勲章の授与も拒否します。このころ、カミュは『手帖』に、「成功の悲しさ」という言葉を記しています。世

「批評家賞」を受賞しインタビューを受けるカミュ。1947年6月。

俗的成功を手放しで喜ぶ気持ちにはなれず、栄光や名声に距離を置く姿勢が感じられます。

しかし、『ペスト』は順調に売りあげを伸ばし、九月ころには一〇万部の大台に達するベストセラーになります。

カミュが結核療養のためにフランスの山村ル・パヌリエに到着し、そこで当初「囚人たち」、あるいは「追放者たち」という題名だった『ペスト』の執筆に取りかかったのは一九四二年八月ですから、ほぼ五年の歳月を費やし、改稿に改稿を重ねてこの小説を完成に導いたわけです。

この小説には、『異邦人』『シーシュポスの神話』『カリギュラ』という〈不条理三部作〉をこえて、その先に進むという野心がこめられていました。カミュはこの小説家として大いなる賭けに勝利したのです。そして、『ペスト』の成功によって、名実ともに〝現代フランス最高の作家〟の地位に上りつめました。

不条理は何も教えない

その五年前、ル・パヌリエに到着してまもなくのころ、カミュは自分を「追放者」だと感じながら、こんなメモを『手帖』に記しています。

「ペスト。これから逃げだすわけにはいかない。［…］『異邦人』は、不条理に直面した人間の裸の状態を描いている。『ペスト』は、同じ不条理を前にした複数の個人の視点が根源的な等価性をもっていることを描く。［…］だが、さらに一歩進んで、『ペスト』は、不条理が『何も教えない』ことを証しだてる。これは決定的な進展だ」

ここには、三つの重要な考えが示されています。

ひとつは、『ペスト』という小説の出発点にも「不条理」という世界と人間の根源的な条件が置かれていること。

ふたつめは、『異邦人』がムルソーというひとりの主人公のドラマであったのに対して、『ペスト』は等しい重要性（等価性）をもった複数の主人公たちが織りなす群像ドラマであること。

三つめは、『ペスト』は、不条理が「何も教えない」ことの証明であり、それがカミュにとって『ペスト』の新しい決定的な特質であるということです。

はじめの二点は分かりやすいのですが、最後の不条理が「何も教えない」とはどういうことでしょうか？　これは、ペストという不条理からなんらかの教訓をひき出すことの無意味さを示唆しているのでしょう。つまり、ペストは世界の根源的な条件である不条理のひとつの表れであるにすぎず、そこから具体的な教訓をひき出すことはできない。というより、むしろ、ペストは人間から自由を奪い、人間に死や苦痛をもたらすものすべての象徴であり、人々はそうした不条理の諸相とその場その場で闘っていくほかないのであって、そこから不条理を乗りこえる普遍的な処方箋を提示することは不可能だという、苦渋に満ちた、しかし潔い断念が、この言葉にこめられたカミュの思いだという気がします。

ディスカッション小説としての『ペスト』

ちょっと先を急ぎすぎました。抽象的な結論ではなく、『ペスト』という小説の実相を見ていくことにしましょう。

そのためには、カミュ自身が先の『手帖』で挙げていた、『ペスト』は等価な個人たちによる群像ドラマであるという特徴に注目するのがいいでしょう。『ペスト』という小説の思想的な勘どころは複数の登場人物によって担われ、彼らの交わす議論によって具体的に浮き彫りにされていくからです。

『異邦人』は、不条理を体現するひとりの人間、ムルソーの視点からすべてが語られていました。その視点の徹底した限定性によって、逆に作品世界はこれまでにない尖鋭《せんえい》化した様相を見せたのです。これにたいして、『ペスト』は人間の多様性を描きだそうとします。そのためには、複数の登場人物がそれぞれのものの見方を語る言葉を交錯させる必要があります。これは、演劇のように、登場人物が言葉で闘いあう小説なのです。その意味で、『ペスト』は、劇作家カミュの言語技術がみごとに発揮されたディスカッション小説であり、その点で驚異的な完成度に達している作品だといえるでしょう。

最初に登場するのは、主人公格の医師リューです。彼はペストで死んだネズミの発見から始まって、つねに伝染病と闘う第一線でこのドラマの推移を追っていきます。この小説には、タルーという旅行者の手記の記述が使われたりもしますが、基本的にリューが事件の流れを追う視点人物として配置されています。そして、最終的にはリューがこの『ペスト』という小説を書く決意でこの作品は終わることになります。つまり、『ペスト』とは、「こ

1950年に発行されたフランス語版『ペスト』に掲載された挿絵。エディ・ルグラン画。

の小説がいかに書かれたか」を書く小説、すなわち「メタフィクション」の構造ももっており、その点でもリューは本質的な重要性をもつ人物です。

また、リューは病気の妻を療養に送りだしたあと独り身で暮らしますが、この妻との別離という境遇は、『ペスト』の複数の登場人物にも共有される特徴です。ほかにも、新聞記者のランベールがペストによる市門の封鎖で恋人と会えなくなってしまいますし、市役所の職員グランは妻に逃げられています。また、作中でオペラ上演の最中に歌手が舞台上でペストを発症して倒れるという事件が起こりますが、このとき上演されていたオペラはグルックの『オルフェオとエウリディーチェ』(一七六二年初演)で、この作品は、死によって妻エウリディーチェとひき裂かれた吟遊詩人オルフェオ(オルペウス)の深い悲しみを主題としています。

『ペスト』は、男性ばかりが登場して女性の影がほとんど感じられない特異な物語なのですが、そこには愛する女性とひき離された〝男の孤独〟という主題が隠れています。カミュは『手帖』のなかで、この小説の重要な主題のひとつは「別離」であると書いています。じっさい、カミュ自身、ル・パヌリエまで同行した妻のフランシーヌがアルジェリアに帰ったあと、丸二年も妻との別離状態のなかで暮らすことになるのです。

人間の別離は、それが死によるものであろうと、伝染病による隔離に起因するものであろうと、やはり不条理の表れにほかならないということです。

ペストは天罰か？

次に重要な人物として、イエズス会の神父パヌルーが登場してきます。パヌルーはカトリック信仰の立場から、ペストを不信心な罪びとたちに下された災厄（fléau《フレオー》）だと説教します。この「フレオー」という言葉は、「災厄、天災」という意味と、麦などの穀物の脱穀に使う「殻竿《からざお》」という道具の意味ももっています。語源的には「鞭」から来ていて、そのために、このペストという災厄は、神が殻竿のように天から信仰なき罪びとたちにむけて打ちおろす鞭のイメージで捉えられているわけです。

いっぽう、このパヌルー神父の説教を聞いたタルーが「パヌルーの説教をどう思います？」とリユー医師に尋ねると、リユーはこう答えます。

「私は病院のなかばかりで暮らしてきたので、集団的懲罰などという考えは好きになれませんね」

たしかに、伝染病が天罰であるという考えを拡大すれば、すべての病人は自分の罪のせいで神から罰を下されたということになりかねません。じっさい、キリスト教徒のなかにはボードレールの尊敬したジョゼフ・ド・メーストルのように、病を神の下した罰と考える哲学者も存在しているのです。

さらに、「あなたは神を信じていますか?」というタルーの問いに、リユーはこう応じます。

「いいえ。[…]私は暗い夜のなかにいます。そのなかで明るく見きわめようと努めているのです」

この「明るく見きわめる」という言葉が、リユーの行動倫理の根本を形づくっています。世界の不条理に対抗するためには、善と悪、徳と罪、美と醜といった道徳的、宗教的、精神的な価値判断をもちこんだり、神をはじめとする超越的な判断の基準に頼ったりしてはならないのです。ただひたすら世界の実相を見つめ、そこから目を離さず、〈いま・ここ〉で自分にできることをおこなうこと。リユーは病気に罹《かか》って死んでいく患者たちを前にして、そうした倫理を自分に課すほかないということです。

三人めの重要人物は、ランベールです。ランベールはパリの新聞社で働く記者で、ペストの流行が始まった町オランとはなんの関係もないよそ者です。しかし、ペストでオランが封鎖されて自分も監禁状態になったとき、町を脱出して、離ればなれになった恋人に会いに行くために、リューに、ペストに罹患していない証明書を書いてもらおうとします。しかし、リューはそんな証明は不可能であるとして、ランベールの依頼を拒絶します。そして、リューがランベールに、オランで自分たちが組織するボランティアの保健隊で働いてもらえないかと頼んだとき、ランベールは、自分はそういうヒロイズムを信じないのだと告白します。ランベールはかつてスペイン内戦で敗北した人民戦線の側で戦ったことがあり、そのときに、人間たちは愛のために死ぬことができないくせに、観念のためには容易に死ねることを身に染みて知ったというのです。

「でも僕は、観念のために死ぬ連中にはもううんざりなんです。僕はヒロイズムを信じません。英雄になるのは容易なことだと知っているし、それが人殺しをおこなうことだと分かったからです」

戦争は、自分の側が正義であると主張して、悪である敵を殺すことです。そうした前提に立ったヒロイズムをランベールはもう信じていないのです。

しかし、リューはこう答えます。

「今回の災厄では、ヒロイズムは問題じゃないんです。[…]ペストと闘う唯一の方法は誠実さです」

ランベールが、「誠実さってどういうことです?」と尋ねると、リューはこう答えます。

「私の場合は、自分の仕事を果たすことだと思っています」

それは自分の正義を主張して敵と戦うことではなく、善悪とは関係なく、明るく見きわめたうえで、自分にできることを、〈いま・ここ〉でおこなうこと。それがリューのいう誠実さということです。

ランベールはリューの答えを聞いて、オランを脱出できる方法が見つかるまで保健隊で働くことを承知します。ランベールのいう「理念は人殺しを辞さない」という考えは、カミュが戦争で身に染みて知り、今後、理想の社会を作る革命の名のもとにおこなわれる殺人や戦争を否定するときの大前提となる考えでした。しかし、いまだに人類は、自分は正義だという理念のもとに戦争という殺戮《さつりく》合戦をおこないつづけています。ここに、カミュの思想の射程距離の広さが如実に表れています。

ここで表明されたヒロイズムの否定と、自分にできる仕事を果たすという倫理を体現する第四の重要人物が、グランです。この市役所勤めのひどく凡庸な男が、保健隊の事務仕事で要の地位を占めるようになるのです。

子供が苦しむ世界は愛せない

こうした主要人物が担う思想的な骨組みばかりを取りだしていくと、『ペスト』の小説としての肉体はやせ細ってしまいます。しかし、この小説の多彩な面白さは、ペスト禍の実態を描きだす無数の細部にこそ宿っているのです。主な人物の動向と並行して、町の医師会や官僚組織のことなかれ主義の対応、ペストの進行にともなう一般市民たちの心理と行動の推移、ペストという災厄がもたらす死と苦痛の残酷さ、そして滑稽にさえ思えるほどのてんやわんやが、たゆむことなく活写されていきます。そうした場面でもカミュの筆力は遺憾なく発揮され、『ペスト』を二〇世紀にフランス語で書かれたもっともダイナミックな小説にしています。

たとえば、予審判事オトンの息子が病に罹って苦痛に翻弄される場面は、『ペスト』の小説的喚起力の強烈さが頂点に達するクライマックスのひとつでしょう。オトン少年は治療用の血清を注射されたことでかえってペストとの闘病が長引き、激しい苦痛をひき延ばされてしまうのです。そして、結局、空しく死んでいきます。罪のない子供がなぜこんな苦痛と死を下されるのか、とリューは保健隊で働きはじめたパヌルー神父に怒りをぶつけます。

「子供が苦しめられるように創造されたこの世界を愛するなんて、私は死んでも拒否します」

カミュにとって無垢の子供が殺されることは、この世の不条理をもっとも強く凝縮するイメージなのです。のちにドミニコ修道会で聖職者や修道士たちにむかっておこなった講演（「無信仰者とキリスト教徒」一九四八年）でも、こう語っています。

「私はあなたがたと同じ希望をもつことはなく、子供たちが苦しんで死んでゆくこの世界と闘いつづけます」

ここでカミュが「あなたがたと同じ希望」といっているのは、キリスト教徒が死後の魂の救済を信じていることです。神の存在と死後の魂の救済を信じないカミュにとっては、子供の苦しみと死は、なんの救いもない無意味な出来事、すなわち不条理そのものです。それゆえカミュは、そんな不条理を神の名において認めることはできず、この不条理と闘いつづけると断言しているのです。

タルーの告白

さて、五人めの重要人物はタルーです。タルーはよそからたまたまオランにやって来たときにペストの流行と遭遇して市内に監禁されてしまう旅行者ですが、手記にペスト流行下で起こるさまざまな雑事を記録している、いってみれば傍観者です。

そのタルーが小説の最後の四分の一くらいに入って、リューと肝胆相照らす仲になっていったとき、長く意外な自分の人生の真実を告白するのです。この告白が『ペスト』の思想的な最深部のひとつを形づくっているといっても過言ではないでしょう。

タルーは、自分はこのオランの町に来る前からペスト患者だった、と語りはじめるのです。

タルーの父親は検事をしていて、タルーが一七歳のとき論告求刑を聞きにくるように命じ、その裁判で父親は被告に死刑を求刑したのです。そして、そのときタルーは、自分の生活が、いや、この社会そのものが死刑宣告を基礎として成り立っているという事実を悟ってしまうのです。そして、死刑に反対するために政治運動にまで参加するのですが、ハンガリーでそうしたよりよき社会を目指す政治運動もまた、敵の処刑をおこなっていることを実際に見てしまいます。つまり、われわれは無数の他人の死に間接的に同意して生きているのであり、そうした死刑を宣告するメカニズムを正義の制度だと見なしているわけです。

かくして、われわれはみんなペストのなかにいるペスト患者であり、この世の誰ひとりとしてその病気から逃れている者はいない。しかし、タルーはペスト患者でいたくないと思いつづけます。

「ペスト患者であるのはひどく疲れることだ。しかし、ペスト患者になりたくないと望むことは、さらにもっと疲れることなんだ」

みんなと同じになってしまうことは楽ですが、そうなるまいと望むことは絶対的な孤独に耐えることだからです。さらにタルーは続けます。

「僕は人を殺すことを断念した瞬間から、決定的な追放に処せられた。歴史を作るのはほかの人々だ」

歴史とは、自分を正義だと信じる人々が、悪である敵を押しのけて自分の正義を実現することです。その過程では、戦争、革命、要するに無数の人殺しがおこなわれるのです。すでに前章で、マルクス主義革命によって歴史的必然として階級なき理想社会を目指す運動が殺人を容認するという点において、カミュはそれを絶対に許さず、サルトルやボーヴォワールと意見の衝突を見た、という事実を語りました。タルーは次のようにいいますが、これはカミュの精神の底から噴出した真実の叫びともいえる一節です。

「僕［タルー］がいっているのは、単に、この地上には天災と犠牲者があるということ、そして、できるかぎり天災に同意するのを拒否しなければならないということだ。［…］だから僕は被害を最小限にとどめるために、どんな場合でも、犠牲者の側に立つことに決めたのだ」

ほとんどマゾヒスティックな自己懲罰の欲求のように見えます。しかし、これほど極端な思想の体現者を描きださなければ、カミュの死刑、戦争、殺人に対する嫌悪は表現しきれなかったということです。

結論として、タルーは「僕が興味を抱くのは、どうすれば聖者になれるかということだ」といいます。リューが、「でも、きみは神を信じていない」というと、タルーはこう切りかえします。

「だからこそだよ。人は神なしで聖者になれるか。これこそ、今日僕の知るかぎり唯一の具体的な問題だ」

いっぽう、リューはこういいます。

「私は聖者より敗北者に連帯を感じるね。ヒロイズムや聖者の美徳を求める気持ちはないみたいだ。私が心をひかれるのは、人間であることなんだよ」

タルーはそれに同意して、「そう、僕たちは同じものを求めているんだ。僕のほうが野心は小さいけどね」と締めくくります。一見冗談のようなタルーの応答ですが、その顔は「悲しそうで真剣」だったと書かれています。

こうして、ペストの災厄のなかで安息と友情の時間が生まれ、リューとタルーはこの友情のしるしに、出入りを禁じられた夜の海でいっしょに海水浴をするのです。この海水浴の場面の筆致は、カミュの全小説のなかでも屈指の美しさを宿すものです。『異邦人』でも主人公ムルソーと恋人マリーの海水浴の場面があって、そちらも開放感あふれるすぐれた描写ですが、『ペスト』の夜の海水浴の場面は、背後に伝染病の恐怖が重くわだかまっているだけに、その束の間の友情と安息の時間がことさらに貴重なものとして感じられるのです。

ペストを忘れないために書く

まもなく、タルーはじっさいにペストに罹患しますが、リューとリューの老いた母はタルーを隔離病床に送ることなく、自宅のベッドで看病します。しかし、そのかいなく、タルーは死んでいきます。リューの母の耳に聞こえたタルーの最後の言葉は、「ありがとう、いまこそすべてはよい」でした。

ここには、『シーシュポスの神話』でカミュが論じた、ドストエフスキーの『悪霊』に登場する自殺者キリーロフの「すべてよし」という言葉の反響があるといってもいいでしょう。タルーはキリーロフのような自殺者ではありませんが、タルーの提示する「神なき聖者」という人間の姿には、キリーロフと共通する、神の不在の時代にあって聖性を渇望する、やむにやまれぬ魂の希求が表れているように思われます。

こうして、かけがえのない友人タルーを失ったリューは最後の啓示にたどり着きます。「タルーは今夜、リューとの友情を本当に生きるまもなく死んでしまった。タルーは自分でいったとおり、勝負に負けた。しかし、リューは何を勝ちえたのか？　彼が勝ちえたのは、ただ、ペストを知ったこと、そしてそれを忘れないこと、友情を知ったこと、そしてそれを忘れないこと、愛情を知ったこと、そしていつまでもそれを忘れないにちがいないということだ。ペストと生命の勝負で、人間が勝ちえたものは、認識と記憶だった。たぶんこれこそが、勝負に勝つとタルーが呼んでいたことなのだ！」

ここでいう「認識」は、さきほど引用したリューの「明るく見きわめる」ことに等しいものだといえるでしょう。しかし、いまはそれに「記憶」がつけ加わっています。人間はたやすく忘却の淵に沈むからです。げんに、『ペスト』の最後で、封鎖されていたオランの市門が開かれたとき、人々は花火をうち上げ、浮かれ騒いで、すべてを忘れようとします。それゆえ、人々の歓喜を横目で見ながら、リューはけっして自分は忘却するまいと念じ、この『ペスト』という本を書きしるそうと決意するのです。

　この章のはじめのほうでも述べたように、ペストとは、人間から自由を奪い、人間に死や苦痛をもたらすものすべて、すなわち不条理の象徴ともいうべき現象です。そして、その不条理のなかには、タルーが語ったように、死刑、革命の暴力と殺人、また、ファシズムや独裁、恐怖政治も含まれているはずです。

『ペスト』が発表されたのはナチス・ドイツとの戦争が終わって二年後のことでしたから、当時の読者はごく自然に、このペストにファシズムの脅威を読みとり、ペストと闘うリューらの姿に、カミュが身を投じたレジスタンスのイメージを重ねあわせました。しかし、ペストがファシズムのメタファー（隠喩）にとどまらないことはいま申しあげたとおりであり、だからこそ、『ペスト』という小説には歴史的な背景に限定されない普遍的な意義があるのです。

母と息子――沈黙の愛の姿

最後に、『ペスト』において、カミュの個人的な人生と深い関わりのある、見逃してはならない細部をふたつ指摘しておきます。

ひとつは、リューとタルーの最初のほうの会話に出てくるものです。タルーがリューに、「このペストはあなたにとってどういうものですか?」と問うと、リューはこう答えます。

「果てしなき敗北です」

続けてタルーが「そんなことを誰が教えてくれたんです?」と尋ねると、リューはこう即答するのです。

「貧乏ですよ」

ここには、生後まもなく父を戦争で失い、極貧のなかで生きたカミュ少年の記憶がいきなり『ペスト』のリューという虚構の人物の口から飛びだしてきたような唐突さと、のっぴきならない切迫感があります。貧乏を通じて、カミュは幼少期から、人生とは果てしなき敗北の連続であると感じていたのでしょう。そうとでも思わないかぎり、このリューのセリフの異様な唐突さは理解できないのです。

もうひとつの細部は、リューの老いた母の肖像です。リューの母が登場する場面は少ないのですが、ペストに罹ったタルーを家にひきとり、献身的に看護するリューの母のやさしさはわずかな描写で読者の心に染みるように伝わってきます。そして、タルーが亡くなったあと、リューは自分と母との関係をこんなふうに記しています。

「このとき、リューは母が何を考えているかを分かっていたし、母が自分を愛していることを知っていた。しかし、同時にリューは、人を愛するということがさほど重大事でもなければ、愛がその固有の表現を見出せるほど強いものではないことも知っていた。かくして、母と自分はいつまでも沈黙のなかで愛しあっていくことになるのだ。そして、いつかは母が――あるいは自分が――死ぬことになるが、ふたりの人生のあいだじゅう、自分たちの愛の表白がこれ以上先に進むことはありえないだろう」

ここには、カミュ自身の母への思いが直接に吐露されているという生々しい感じがあります。カミュの母は、生まれつきの難聴で、発語に障害があり、読み書きができませんでした。それゆえ、息子と会話をすることがほとんどありませんでした。第一章で、カミュの初期の短編集『裏と表』に描かれた母の姿を引用しましたが、そこで強調されていたのは、母の「癒やしがたい悲嘆の色」を帯びた「無言」「動物のような沈黙」でした。母には息子の立てる音が聞こえず、息子は母に声をかけたことがなかった、というのです。

カミュは、障害のせいで沈黙のなかに閉じこめられた母にたいして、自分が十分な慰めをあたえられなかったことへの罪悪感を抱いていました。そして、その気持ちは年月が経つにつれて、ますます大きくなっていったように思われます。

いま引用した『ペスト』に登場する母をめぐるリューの述懐は、カミュと母のあいだに存在した愛の特異性、そして、その愛が沈黙に閉ざされていたことへの悔恨と断念を語っているように思えてなりません。カミュが自分の文学作品のなかで、正面きって母という主題を扱ったことはありませんが、それだけに、『ペスト』に素描されたリューの母の肖像は、その献身的なやさしさと慎み深さにおいて感動的であり、その沈黙において悲痛な神々しさを感じさせるものになっています。

第八章　二度の舞台の陰で

――『戒厳令』と『正義の人びと』

ペストを題材にした演劇作品

一九四七年六月、執筆に五年をかけた大作『ペスト』が刊行され大成功を収めたのち、カミュは、企画審査委員を務めるガリマール社から夏の休暇をとって、妻のフランシーヌと、まもなく二歳になる双子の娘カトリーヌと息子ジャンを伴い、かつて結核療養をした中央山塊地方のル・パヌリエにむかいました。フランシーヌの親戚がこの村の農場でペンションを開いているからです。

そして、この約一カ月の夏休みからパリに帰ってきたとき、カミュを待っていたのは、演劇人ジャン＝ルイ・バローからの仕事の提案でした。

第二次世界大戦前に、バローは、ダニエル・デフォーの小説『ペスト』（一七二二年）の演劇化を企画したことがありました。このときは劇作家のアントナン・アルトーに協力を求めたのですが、その理由は、アルトーが有名な「演劇とペスト」（一九三四年『演劇とその分身』所収）というエッセーを書いていたからです。結局、アルトーとの企画は頓挫しましたが、バローはカミュの『ペスト』を読んで、カミュとの共同作業でふたたびペストを主題とする演劇を作りあげようという意欲が甦り、カミュにそのための戯曲を書いてほしいと提案してきたのです。

カミュはバローの提案を受けいれて戯曲を書きはじめ、翌一九四八年の一月には第一稿を完成させます。これが『戒厳令』です。

ちょうどこのころ、カミュの親友であるミシェル・ガリマールの結核が悪化して、ミシェルはスイスのレザンにあるサナトリウムで療養生活を送っていました。カミュは親友の見舞いのためにレザンに赴き、ミシェルとその妻のジャニーヌのそばで三週間も過ごします。しかし、レザン滞在のあいだも、カミュは『戒厳令』の改稿をたゆまず続けました。

この年の夏、カミュは、やはり親しい友人である詩人ルネ・シャールが暮らす南仏プロヴァンス地方のイル＝シュル＝ラ＝ソルグで家族と休暇を過ごします。カミュはこの土地が非常に気に入り、シャールが見つけてくれた「パレルム荘」という借家に滞在しましたが、その後もこのパレルム荘をパリのジャーナリズムによる追跡を避けるための、いわば隠れ家として利用することになります。

このパレルム荘でも『戒厳令』の推敲を続け、さらにパリに帰ってからも手直しを続けました。そして、なんとか稽古に間に合わせますが、稽古中もセリフの改訂を重ねたのでした。こうして、苦難の末に、『戒厳令』は一九四八年一〇月二七日、パリのマリニー座で初演を迎えます。

カミュは、この年の一二月に刊行される戯曲『戒厳令』の「まえがき」で、この戯曲は自分の小説『ペスト』とはまったく関係のないものだと断ったうえで、その狙いを、こう説明しています。

「これは伝統的な構成をもつ戯曲ではなく、一個のスペクタクル（見世物）であって、その明確な意図は、抒情的な独白から、パントマイム、単純な対話劇、笑劇、コロス（合唱隊）、さらには群集劇に至るまでの、あらゆる演劇表現の形式を交ぜあわせることなのである」

この説明に、アルトーの提唱した「残酷演劇」の影響を受けつつジャン＝ルイ・バローが実現しようとした「全体演劇」の観念が反映されていることは明らかです。「あらゆる演劇表現の形式を交ぜあわせ」、総合的なスペクタクル性を追求することが、「全体演劇」の目指すところだからです。じっさい、カミュはわざわざ「まえがき」のなかで、すべてのセリフを書いたのは自分だが、バローの果たした役割の重要さを特筆する必要があると語っています。

同じペストという疫病を題材にしてはいますが、『ペスト』が現代社会で展開するリアリズムの小説であるのに対して、『戒厳令』はいつの時代とも知れぬ港町を舞台とした寓話的スペクタクルです。まずは、その形式上の決定的な違いを押さえておく必要がありま す。

しかし、そのうえで、やはり『ペスト』と『戒厳令』には、哲学的・倫理的に共通する主題が見られることも否定できません。その点はあとで触れることにしましょう。

『戒厳令』の舞台はスペインの最南端に近いアンダルシア地方の港町カディスです。時代は明記されていませんが、冒頭のト書きが「警報のサイレンを思わせるけたたましいテーマの序曲」を指定しているので第二次世界大戦の最中を想起させます。しかし、続く彗星の通過が登場人物たちに世界の終わりを予感させていることから、ペストが大流行した、迷信を信じる中世に起こったことのようにも思えます。つまり、現代でも中世でもありうるような、歴史的限定を逃れた架空の時代の出来事なのです。

彗星の通過後、ペストの流行が起こるのですが、すぐにその名もペストという独裁者が登場するので、この戯曲がファシズム的独裁をめぐる政治的寓話であることははっきりしています。リアリズム小説とは違って、こうした明確な寓話性は、演劇にとってはかならずしも欠点にはならないのです。

『デスノート』の先駆的作品

独裁者ペストは女性秘書を連れていて、その秘書がメモ帳に記載されている名前を鉛筆で抹消すると、その名の人間がペストで死ぬという魔術的な仕掛けが出てきます。まるで日本のマンガ『DEATH NOTE（デスノート）』の先駆です。こうした趣向も見世物的お芝居ならではのものでしょう。

三部構成の第一部の終わりで、独裁者ペストは戒厳令を布告します。そして、悲しみの感情の代わりに組織をうち立て、市民に「秩序正しく死ぬこと」を教え、「非合理な考え」「魂の憤激」「大きな反抗のもとになる小さな熱狂」を禁じ、「私はきみたちに沈黙と秩序と絶対的な正義をもたらす」のだと宣言します。これが『戒厳令』のペスト、すなわち、ファシズム的独裁の本質なのです。このように、第一部は、きわめて明快に主題を提示して終わります。

第二部で中心的に行動するのは、主人公格の医師ディエゴです。ディエゴは、ペストの女性秘書に対して、ファシズムに反抗する人間の思いをぶつけます。このディエゴのセリフの詩的高揚が、『戒厳令』の中盤の山場です。

「そうさ！　きみ［女性秘書］は全体しか問題にしない！［…］すべてが数字と書式で表せると思いこんでいる！　だが、きみの立派な辞書からは、野生のバラや、空の星座や、夏の人々の顔や、海の叫びや、深い悲しみのときや、人間の怒りが抜けおちているんだ！［…］きみたちのもっとも明確な勝利のさなかにあっても、きみたちはすでに負けているんだよ。なぜなら、人間のなかには――さあ、僕を見ろ――きみたちには打ちくだけない力、恐怖と勇気がいり交じった、何も知らないが、永遠に勝利する、明るい狂気があるからだ」

秘書はこのディエゴの言葉を嘲笑《あざわら》いながらも、「私の覚えているかぎりいちばん遠い昔に、たったひとりの人間が恐怖を乗りこえて反抗するだけで十分だったわ。そうしたら、あの人たちのからくりは軋み音を上げはじめたのよ」と、全体主義的支配の脆《もろ》さを認めます。そのとき、完全に無風状態だったカディスの町に、海の風が吹きこみはじめ、第二部は終わります。じつにみごとな詩的幕切れです。

「死刑を容認することこそがペストなのだ」

独裁者ペストの論理は、正義と秩序を維持するためには死の恐怖によるひき締めが必要だということです。ペストに対して、ディエゴはこう反論します。

「僕が軽蔑するのは死刑をおこなうやつらだ。お前［ペスト］が何をしようと、あの人たち［普通の市民］はお前より偉大なのだ。たとえあの人たちが人殺しをすることがあったとしても、それは一瞬の狂気のなかでのことだ。ところがお前は、法律と論理に従って処刑をおこなうのだ」

この言葉は、小説『ペスト』のなかで死刑に反対し、「死刑を容認することこそがペストなのだ」と語った登場人物タルーの考え方と通じあいます。『ペスト』と『戒厳令』には、根底において共通するカミュの思想が埋めこまれているのです。

かくして、ディエゴはペストに反抗し、自分の身を犠牲にして、カディスの町を救います。しかし、カミュはこの自己犠牲を賞讃するわけではありません。ディエゴの恋人ヴィクトリアの口を借りて、満足して死んでいくディエゴをこう批判しています。

「そんなことをいわないで。それは男の言葉、恐ろしい男の言葉よ。死ねて満足だなんていう権利は誰にもないわ」

そして、ヴィクトリアのセリフに呼応して、女たちの集団がコロス（合唱隊）となって、こう続けるのです。

「この男［ディエゴ］に呪いを！［…］観念で膨れあがり、言葉ばかりに頼ってこんなひとりぼっちの死を迎えるのはいや。あなたがたと私たちは愛の恐るべき抱擁と口づけのなかで溶けあって、一緒に死ねるはずなのに！でも、男たちは観念のほうが好きなのよ」

男たちは観念のためには死ねるのに、愛のためには死ねない、という批判も、小説『ペスト』のなかで、新聞記者ランベールがスペイン戦争で学んだ教訓として出てきていました。このように、『戒厳令』にも、『ペスト』と同じく、死の礼賛に至るヒロイズムへの批判が書きこまれているのです。

『戒厳令』のラストには、コロスのセリフとして、「正義などない、限界があるだけだ」という言葉が発されます。この謎めいたセリフも、一方的な正義を追求すれば際限のない人殺し（処刑、戦争、テロなど）に行きつくのであって、人間としての限界を認識して、慎重に、また自制的に振る舞うほかないのだ、というモラル（行動の指針）を語っているように思えます。

そして、海の風と海水がペストに侵されたカディスの町を洗い流すだろうという希望を示唆して、『戒厳令』は終わります。独裁者ペストは消えさり、ペストに協力するニヒリストのナダ（「虚無」の意）も自殺しますが、いつまたペストやナダが出現してもおかしくないという宙づりの余韻を残します。

マリア・カザレス、ふたたび

いまこの『戒厳令』を純粋に戯曲として読みなおしてみると、言葉の躍動性、色彩感、そして多彩な仕掛けにあふれた佳作のようにも思えるのですが、戯曲は舞台に掛けられなければ完成しません。

演出をおこなったバローは、音楽にアルチュール・オネゲル、美術と衣裳デザインに画家のバルテュスを充てるという最高の布陣で臨みました。

配役も綺羅星《きらほし》のごとき素晴らしさです。主役のディエゴはバロー自身が演じ、ペストはピエール・ベルタン、ペストの女性秘書はバローの伴侶である名優マドレーヌ・ルノー、きわめて重要な脇役ナダは、映画でもお馴染《なじ》みの俳優ピエール・ブラッスールが演じています。また、セリフのない死体運搬人は、パントマイムの名人でバローの親友であるマルセル・マルソーが演じました。そして、ディエゴの恋人ヴィクトリアに扮したのは、マリア・カザレスです。

この豪華きわまるスタッフとキャストにもかかわらず、『戒厳令』は批評的にも興行的にも惨憺《さんたん》たる失敗でした。カミュとバローは二度と一緒に仕事をすることはありませんでした。

ところで、いま記したように、『戒厳令』の配役には、カミュのかつての恋人マリア・カザレスが含まれています。一九四五年にカミュの妻フランシーヌが妊娠したと知って以来、カザレスはカミュとの関係を断ったのですが、一九四八年六月にふたりはパリのサン＝ジェルマン大通りで偶然出会い、それがきっかけで関係が再燃していました。俗にいう「焼けぼっくいに火がついた」のです。カミュとカザレスのよりが戻ったことは、まもなく妻のフランシーヌの知るところとなりますが、カミュが突然亡くなる一九六〇年まで、カミュとカザレスの関係は続きます。フランシーヌはそのことを知り、悲しみながら、この状態に耐えていくことになります。したがって、これ以降、カミュの家庭は安息の場ではなくなります。

一九四九年のカミュの『手帖』には、こんな一節が見出されます。

「人は、一方では結婚と愛を、他方では幸福と愛を混同しつづけてやまない。だが、それらに共通点は何もない。結婚には愛よりも愛の欠如のほうが多いにもかかわらず、結婚が幸福になりうるのは、そのためだ」

結婚に愛は必要ないし、愛がなくても幸福になれる、ということです。

しかし、マリア・カザレスこそ、カミュの「わが生涯の女性」、あるいは「運命の女《ひと》」というべき存在でした。そのことは、二〇一七年になって公刊されたカミュとカザレスの『往復書簡集一九四四―一九五九』という一〇〇〇ページをはるかにこえる大冊（総計八六五通の手紙類）を見れば明らかになります。このなかで、カミュは果てしなく「愛」という言葉をカザレスに向けてくり返しているのです。

カミュはカザレスと復縁してから、執筆中の『戒厳令』にカザレスを起用することを決め、それを実現させたのでした。

正義のための暴力は許されるのか？

さて、一九四九年になると、カミュは、一九四六年の北アメリカ旅行以来、二度めで最後の長期にわたる講演旅行に出発します。今回の目的地は南アメリカで、マルセイユから船で出発してブラジルのリオデジャネイロにむかいました。その後、ウルグアイ、アルゼンチン、チリを回る二カ月に及ぶ大旅行です。しかし、この旅行のあいだ、カミュは精神的にも肉体的にも不調でした。六月三〇日にマルセイユを船で出発し、その翌日の七月一日にはこんな記述を『手帖』に残しているのです。

「二度もくり返して自殺を考えた。二度めに考えたのも最初と同じく海を見ているときだったが、焼けつくような恐ろしい痛みがこめかみの両側を襲った。いまや、『どのようにして』人は自殺するのか分かった気がする」

三週間後の七月二一日にようやくリオデジャネイロに到着し、ブラジルのバイーアやサンパウロを経て、ウルグアイの首都モンテビデオに入ります。このときの精神状態もひどいものでした。

「正直いって、この人生ではじめて、私は精神的壊滅《かいめつ》状態にいるといわざるをえない。何ものにも負けなかったあの堅固な心のバランスが、あらゆる努力にもかかわらず、崩壊してしまったのだ。[…]この鬱《うつ》状態は、いってみれば地獄だ。この土地で私を迎えてくれた人々が、私が正常に見えるようにおこなっている努力を感じとってくれたなら、ちょっと微笑むくらいはしてくれてもいいだろう」

こんな精神状態のなかで、旅を続けながら、カミュは『戒厳令』に続く戯曲『正義の人びと』(一九四九年)の原稿を推敲していたのでした。

『正義の人びと』の執筆の始まりは、一九四八年のはじめ、カミュが結核の悪化した親友ミシェル・ガリマールをスイスのサナトリウムに見舞っていたころにさかのぼります。

この年の一月、カミュは「心やさしき殺人者たち」というエッセーを「ターブル・ロンド(円卓)」誌に発表し、ここで、一九〇五年にロシアのセルゲイ大公を爆弾で殺害したテロリストのカリャーエフの行動と思想に焦点を当てて論じています。このカリャーエフが戯曲『正義の人びと』の主人公なのです。

すでに小説『ペスト』で明確に示されたように、カミュは、戦争であれ、死刑であれ、あらゆるかたちの殺人に反対しています。しかし、ほとんど唯一の例外として、このカリャーエフのテロ殺人については肯定的な見方を示しているのです。

というのも、カリャーエフはセルゲイ大公を爆殺しようとした最初の試みのとき、大公の馬車に、大公の甥と姪《めい》である子供たちが同乗しているのを見て、爆弾を投げることを思いとどまったからです。ここに、カミュは正義と暴力の関係について、人類史上もっとも緊迫した問いかけが浮かびあがっていることを感じて、こう書いたのです。

「他人の生命をこれほど深く思いやる気持ちに、自分自身をこれほど完全に忘却してしまうことが結びつくとき、この心やさしき殺人者たちは、このうえない極限的な矛盾のなかで、反抗の宿命を生きたのだと想像することができるだろう。彼らもまた、暴力が不可避であることを認めながら、しかし、暴力が正当化されえないことを告白していたと考えられるのだ。必要ではあるが、許されざるもの、彼らにとって殺人はそのようなものとして見えていた」

そして、多くの人は、直接的な暴力を許されざるものと見て、社会を支配する権力者の静かな暴力を放置することになるだろう。いっぽう、革命家たちは暴力を必要なものと見て、よりよき未来の建設を目指し、歴史の必然性をお題目にして、次々に殺人を容認していくだろう。カリャーエフはこのどちらのやり方にもくみせず、一回限りの直接的暴力に訴える。しかし、自分の暴力が一個の生命を犠牲にするならば、その代償として自分の生命を犠牲にすることは当然だと考えた、というのです。

正義のための暴力は許されるか？　ここには結論はありません。暴力をふるう者が自分は正義だと主張すれば、正義の名のもとに無制限の暴力が積みかさねられるでしょう。しかし、弱者にふるわれる暴力を容認し、その暴力に屈服することは正義に悖《もと》るでしょう。正義の目的のためには、ときには暴力をふるう必要もあるのです。その場合、自分に同じ暴力がふるわれることを覚悟しなければなりません。

おそらく、かつて戦争（という名の殺人）に反対しながら、ナチス・ドイツとの闘いに乗りだしたカミュも、同じジレンマを経験していたはずです。その意味で、カリャーエフの苦衷《くちゅう》は、カミュにとって机上の空論や他人ごとではなかったのです。

戯曲『正義の人びと』の本質的な出発点はここにあります。

かつて私は山田風太郎の『明治波濤歌《はとうか》』（一九八一年）を読んだとき、唐突なようですが、この『正義の人びと』に通じる問題意識を感じました。この中編連作集に含まれる「風の中の蝶」という自由民権運動の過激派を扱った小説のなかで、北村透谷《とうこく》の師に当たる秋山国三郎《くにさぶろう》がテロリズムの規範について語っているのです。

弟子のひとりの、「目的が絶対に正しいなら、それを達するための手段はすべて正当化されるものでしょうか？」との問いに、秋山は、「その通り」と即答します。ただし、条件がふたつ。「第一に、無関係な人に飛ばっちりがいって血を流させちゃあいけない。第二に、たとえ血は流さなくても、自分より弱い者を犠牲にしちゃあいけない」。その条件さえ守れば、「何をやってもよかろう」。

セルゲイ大公の甥と姪の姿を見て爆弾を投げられなかったカリャーエフは、まさにこの秋山国三郎の唱えたテロリズムの規範を身体化していたといえるのではないでしょうか。

カミュのエッセー「心やさしき殺人者たち」は、三年後に公刊される哲学的大著『反抗的人間』（一九五一年）のなかにも、第三章「歴史的反抗」の一節として、若干の増補をほどこしながら、タイトルもそのまま「心やさしき殺人者たち」として収録されることになります。

肺結核の再々発

このエッセーの執筆から一年数カ月後、南米旅行をしていたカミュに話を戻すならば、最悪の精神および肉体のコンディションのなかで、『正義の人びと』に最後の推敲を加えていました。そして、一九四九年八月三一日に飛行機でリオデジャネイロを発ち、フランスに帰国します。

南米旅行のあいだじゅうしつこい風邪のような症状に悩まされていたカミュは、医者の診察を受けます。すると、それは肺結核の再々発だったのです。『手帖』にはこんな記述があります。

「こんなにも長いこと完治を確信していただけに、この再発は僕を打ちのめしそうだ。いや、じっさい打ちのめされている。だが、たえず打ちのめされつづけたあとでは、笑いたくなってしまう。ついに僕は解放されたのだ。狂気もまた解放なのだから」

医者は二カ月の安静を命じました。当時、結核治療への特効薬として最初の抗生物質、ストレプトマイシンが処方されるようになり、カミュもこの薬を飲みはじめました。しかし、ストレプトマイシンには強力な副作用があって、聴覚障害を起こす危険がありました。

すでにエベルトー座では『正義の人びと』の稽古が始まっており、ときにはカミュもその稽古を見物しに行きました。主人公カリャーエフはセルジュ・レジアニ、正義を絶対視してカリャーエフと対立するテロリスト、ステパンはミシェル・ブーケが演じました。カリャーエフの恋人でテロリストの同志であるドーラに扮したのは、むろん、マリア・カザレスです。

一九四九年一二月一五日、『正義の人びと』の初演に際して、カミュはカザレスに花束を贈り、そこにカードを付し、こんな言葉を記しました。

「まもなくきみは、もっとも美しく、もっとも偉大な女になるだろう。僕から遠く離れて。だが、ひとりぼっちの部屋にいても、いちばん大きな喜びは、愛する人を賞讃できるということだ。わが愛する人よ、僕は今宵、きみのことだけを思うだろう――そして、きみの成功のことだけを。きみの声が聞こえる、遠くから……僕はきみに感謝する、すべてのことについて、あふれでる心をこめて」（カミュ＝カザレス『往復書簡集一九四四―一九五九』）

『正義の人びと』は、主人公カリャーエフのテロ行為をめぐって展開する政治思想のドラマであると同時に、カリャーエフと恋人ドーラの悲恋の物語でもあります。カリャーエフはロシアの大公を爆殺することを正義として選択した時点で、自分もまた死刑に処せられることを選択しているのです。

「死が、血と涙の世界に対する僕の至上の抗議になるだろう」

したがって、どれほどカリャーエフとドーラが愛しあっていたとしても、その愛が幸福な実を結ぶことはありません。ドーラは、そのような正義と愛がたがいを絶対的に排除しあうようなカリャーエフの考え方の矛盾をつきます。

「本当に正義を愛する人びとには、愛する権利なんかないんだわ。［…］あなた［カリャーエフ」は本当にやさしい心で正義を愛しているの？［…］私はどう、私を本当にやさしい心で愛している？［…］答えて、お願いだから、答えてよ。あなたは、孤独のなかで、本当にやさしい心で、エゴイズムで私を愛している？　私が不正義でも愛してくれる？［…］私たちはこの世界の人間じゃない、私たちは正義の人びとなのよ。温かさなんか私たちとは無縁なんだわ。そう！　憐れな正義の人びとよ！」

このドーラの悲痛な叫びに、カリャーエフはこう答えます。

「そうだ、それこそが僕らの役割だ。愛することは不可能なんだ。だが、僕は大公を殺す。そうすれば平和が来るだろう、きみにとっても、僕にとっても」

この平和とは死にほかなりません。死を決意した人間に愛は不可能なのです。

ここに至って、『正義の人びと』は、現世ではけっして結ばれない恋人たちの純愛の物語として結晶します。正義のためのテロリズムは、その不可能な愛のための必要条件のようにさえ見えてくるのです。

運命の女性に捧げられた戯曲

『正義の人びと』が一九四九年一二月に初演を迎えたのち、翌年二月に単行本として刊行されるとき、カミュは本が印刷に付される直前に、シェイクスピアの『ロミオとジュリエット』からの引用文をこの戯曲の巻頭にエピグラフとして掲げます。

「おお、わが愛よ！　おお、わが命よ！　いや、もはや命ではない、死に呑みこまれた愛だ」

劇の終幕近くで、ロミオの恋敵であるパリス伯爵が仮死状態に陥った愛するジュリエットを見て発するセリフです。『正義の人びと』では、この性別が逆転して、絞首刑に処せられたカリャーエフの最期の模様を聞かされるドーラの内面と響きあう言葉です。しかし、この戯曲を書いたカミュの内心に即していうならば、カリャーエフとドーラの不可能な愛は、カミュ自身とドーラを演じたマリア・カザレスとの不可能な愛を反映するものだといえるでしょう。カミュは『正義の人びと』に『ロミオとジュリエット』の言葉を添えることで、自分とカザレスの恋をロミオとジュリエットの悲恋に擬したのです。『正義の人びと』はカミュが運命の恋人カザレスに捧《ささ》げた書物でもあったのです。

カリャーエフの死の模様を聞いたドーラは、仲間のテロリストたちにむかって、次の爆弾は自分に投げさせてほしい、といいます。女を最前線に立たせたくないという男たちにたいして、ドーラは「いまでも私が女ですって？」と言いかえします。男たちが同意すると、ドーラはこういいます。これが『正義の人びと』の最後のセリフです。「爆弾をくれるのね？　私が投げるわ。そして、そのあとで、寒い夜に…［…］ある寒い夜に、同じ縄で！　それですべてがいまより楽になるでしょう」

「同じ縄で」というのは、カリャーエフを絞首刑にしたのと同じ縄で死ぬという意味です。この戯曲が最初に書きはじめられたとき、そのタイトルは『縄』だったのです。これは、絞首台の縄であると同時に、死んではじめていっしょになれる恋人たちを結びつける絆の意味ももっていたはずです。しかし、フランスの演劇関係の迷信で、この「縄」という言葉は劇場で役者が発すると不幸を呼ぶ忌み言葉なので、戯曲のタイトルにするわけにはいきませんでした。稽古の最中も、役者たちは、この「縄」の代わりに「紐」という言葉を使っていたという話が伝えられています。

『正義の人びと』がまずまずの成功をもたらしたことを見届けたうえで、カミュは南仏のカブリにむかいます。香水の生産で有名なグラースに近い、地中海を見下ろす高地の町です。いっこうに改善しない肺結核を癒やすため、ガリマール社から一年の病気休暇を得て、カミュは療養生活に入ることになったのです。

第九章　ふたつの苦い戦い
――『反抗的人間』論争とアルジェリア戦争

『反抗的人間』ついに完成

一九五〇年一月、カミュは持病の肺結核の悪化のせいで、南仏のカブリで療養生活に入りました。しかし、高原にあるカブリの気候は病人のカミュに安らぎをもたらしました。

『手帖』にはこんな記述が残されています。

「午後には、太陽の光が僕の寝室にたっぷりと差しこみ、空は靄《もや》のかかった青い色、村からは子供たちの賑やかな声が立ちのぼり、庭では泉水盤のせせらぎが歌となる……こうしてアルジェのころの時間が甦ってくる。二〇年前には……」

「二〇年前」というのは、アルジェに暮らす一七歳のカミュがはじめて肺結核で吐血し、療養に入った時期のことです。その時代には、結核の決定的な療法がなかったので、カミ

療養先のカプリにて、妻フランシーヌと。1950年。

ュの気分はもっと暗かったことでしょう。しかし、それもいまはどこか甘やかなノスタルジーをもって回顧されているのです。

カプリへは、親友のガリマール夫妻（ミシェルとジャニーヌ）のほか、兄のリュシアンや、ジャン＝ポール・サルトル、ロジェ・マルタン・デュ・ガールなどの友人も見舞いにやって来ました。

カプリでの療養のかいあって、カミュの健康状態は徐々に回復していきますが、彼の頭を占めていたのは、いま執筆中の長編哲学エッセー『反抗的人間』をなんとしても完成させることでした。構想から数えれば、すでに一〇年近くもかかっている仕事で、哲学と文学の歴史をたどりつつ、反抗こそが人間の生のもっとも肝要な条件であることを立証するという遠大な企図をもつものです。そのため、執筆は困難をきわめました。

そして、遅々たる歩みを重ねながら、『反抗的人間』は、ついに翌一九五一年一〇月に出版されることになります。

この長大な書物を要約することは簡単ではありません。論述の対象が、ギリシア悲劇から、サド、ドストエフスキー、ロートレアモン、シュルレアリスムに至る文学、ニーチェ、ルソー、ヘーゲル、マルクスの哲学、サン=ジュスト、ヒトラーなどの政治思想、ネチャーエフ、カリャーエフといったテロリストの行動にまで及ぶからです。

しかし、序論と第一章「反抗的人間」で示される理論的前提はきわめて明解です。

序論において、「不条理の経験のなかで私にあたえられた第一にして唯一の明白な事実は、反抗である」と断言したのち、これを受けて第一章ではとりあえず次のような結論が語られます。

「不条理の経験においては、苦悩は個人的なものだ。だが、反抗の運動が始まると、苦悩は集団的であるという意識をもち、みんなの冒険となる。したがって、自分が異邦人であることに囚《とら》われた精神の最初の進歩は、この異邦人の意識をすべての人間が共有していると気づくことにある［…］。ただひとりの人間が感じていた苦痛が、集団的なペストとなるのだ。われわれの日常的な試練のなかで、反抗は、思考の領域で『コギト（われ思う）』がもつのと同じ役割を果たす。反抗が第一の明白な事実になるのだ。だが、この明白な事実は個人を孤独からひき出す。反抗は、すべての人間の上に第一の価値を築きあげるための共通の場となるのだ。われ反抗す、ゆえにわれらあり」

不条理に対する反抗によって、「われ」という個人が「われら」という連帯にむかって歩を進めるのです。これが『反抗的人間』の根本にある思想であり、そのことによって、「異邦人」だった個人は、集団的な「ペスト」と闘うために連帯することが可能になります。『反抗的人間』は、『異邦人』と『シーシュポスの神話』が示した不条理にたいする個人的反抗から、『ペスト』における不条理への反抗のための連帯へと、カミュの思想を推しすすめるものでした。

『反抗的人間』の第二章「形而上的反抗」では、主にサドとドストエフスキーとニーチェを俎上《そじょう》に載せて神への反抗を論じました。そして、第三章「歴史的反抗」では、反抗が現実にコミットしてみずから歴史を作りだそうとし、革命に変質するが、それは国家の全体性を目指すため、その全体性に背く人々を排除する暴力と殺人を積極的に容認することを強調します。そして、反抗を歴史にしようとする革命を徹底して批判するのです。

カミュにとって、反抗と革命、自然と歴史、統一性（連帯）と全体性（体制）は対立する概念であり、それぞれの対立項の後者は暴力と殺人を包含する点において、絶対に認めることのできないものでした。

第三章「歴史的反抗」の最後は、マルクスの思想と社会主義革命への長い根源的な批判に充てられます。

カミュはマルクスの思想を批判するに際して、キリスト教徒と古代ギリシア人の時間にたいする考えかたの違いに言及します。古代ギリシア人は世界のありようと時間の流れを円のように循環するものと考えていました。いっぽう、キリスト教徒は、世界の歴史を始まりから終わり（完成）へむかって進む直線的な構造として捉えていました。

理想的な共産主義社会を目指して進む革命というマルクスの考え方は、当然、キリスト教的な時間の観念の影響下にあります。歴史の最後に救世主が現れて虐げられたよき魂を救うというキリスト教のメシアニズム（救世主信仰）は、革命が虐げられた人民を救い理想的な無階級社会を完成させるというマルクシズムの考えとよく似ているのです。

古代ギリシア人の考えた循環的な時間構造とキリスト教徒の考える直線的な時間構造の

対立を、カミュは第五章「正午の思想」において、「地中海的精神とドイツ的イデオロギー」との対立といい換えています。前者においては、反抗と自然が重視され、後者においては、革命と歴史が目指されるのです。

要するに、『反抗的人間』は、反抗を人間の生のもっとも重要な条件であると断言して始まりながら、ほとんどの部分で歴史と革命の批判に終始しているのです。

カミュの過ち

このカミュの渾身の力をこめた大作『反抗的人間』は、大小さまざまの批判をひき起こしました。なかでも、激越な調子で批判をおこなったのは、サルトルが主宰する「現代（レ・タン・モデルヌ）」誌に載ったフランシス・ジャンソンの「アルベール・カミュ　あるいは反抗的魂」（一九五二年五月）という書評でした。

ジャンソンは当時二九歳の新進気鋭の哲学者で、サルトルに高く評価され、「現代」を主な舞台として活動していました。

ジャンソンの批判の骨子は、カミュのいう反抗が抽象的な観念にすぎず、歴史や政治への具体的なコミットメントを恐れている、ということです。そして、この批判はある意味で正鵠《せいこく》を射ているところもありました。

というのも、カミュは反抗を人間にとってもっとも重要な精神的姿勢として位置づけるのですが、それがよりよき未来をもたらす歴史の進歩への過剰な信頼につながり、政治的な党派性を帯びて、敵対する人々の排除や殺戮に帰結するような独善性を絶対に認めなかったからです。したがって、そのころ、サルトルやジャンソンも含めて、多くの進歩的知識人が信じていた社会主義的革命に対しても、根本的な否定の考えをはっきりと示していました。この姿勢が、進歩的知識人の大多数にとっては、保守頑迷な反共主義者のそれと同じものに映ったのです。

典型的な一例を挙げれば、カミュは、フランス革命の高揚の頂点とされるルイ一六世の処刑を、弱い善人を公衆の面前で殺害するという胸のむかつく醜聞だと批判しています。とするならば、大方の革命は組織的殺人を包含しますから、カミュにとっては、断じて許容できない悪ということになるのです。

しかし、当時は多くの進歩的知識人が社会主義革命に人類の未来への希望をつないでいる状況でした。したがって、カミュは反抗を説くだけで、歴史を恐れ政治的行動から逃げているというジャンソンの批判は、ある種の説得力をもって感じられたのです。

このジャンソンの批判に対して、カミュは同じ「現代」に反論を発表します（同年八月）。タイトルは「『現代』編集長への手紙」。ここでカミュはひとつの間違いを犯したといえるでしょう。ジャンソンの所説に反論するならば、直接ジャンソンを批判する文章を書けばよかったのです。それなのに、ジャンソンの頭を飛びこえて、その書評を「現代」に掲載したサルトルへの反論を公開書簡というかたちで発表したのです。このやりかたに、ジャンソンのような小物は相手にしない、背後から自分への批判を唆《そその》かした親分のサルトルを相手にしてやるのだという、怒りのあまりわれを忘れたカミュの無分別ぶりが露呈したと見る読者も多かったことでしょう。

カミュの反論じたいは、『反抗的人間』の主題は反抗と恐怖政治であり、自分は反抗が歴史の妄信によって恐怖政治に変質することを批判しているのであって、現代における共産主義国家のスターリニズムはその表れにほかならない、だから自分はそれに反対しているのだという、自分の依って立つ原理と政治的な立場を明確にするものでした。

「アルベール・カミュへの返答」

しかし、カミュから名指しで批判を受けたサルトルは黙っていませんでした。カミュの反論が載った「現代」の同じ号に、「アルベール・カミュへの返答」という文章を掲載し、ジャンソンの論旨をひき継いでカミュを攻撃するだけでなく、ふたりの友情にも終結を宣言します。その反論は、次のような衝撃的な絶交の宣言で始まっていました。

「親愛なるカミュよ、僕たちの友情は平穏なものではなかったが、僕はこの友情を抱いたこと自体を後悔するだろう。いまきみがその友情を断ち切るとしても、それはおそらく断ち切られるべきだったからだ」

サルトルは、カミュは貧しい者の名で語るが、いまや裕福なブルジョワにすぎない、と人身攻撃すら辞しません。そして、カミュは、自由になるための闘いに入る前から歴史を恐怖し、行動せず、歴史という熱湯の外側から歴史に触ってみて、「熱いかしら？　意味があるかしら？」と考えている小娘のような臆病者だ、と非難します。人間は個別的な結果を目指しておこなう具体的な行動のなかで普遍的な価値を発見するのだ。それなのに、カミュは歴史の外にいて、歴史には意味があるかとか、目的があるかとか、抽象的な観念を弄《もてあそ》んでいるにすぎない。行動によって歴史の目的や意味を作りだすことこそが問題なのに……。

このころ世界最大の思想的論客と見られていたサルトルのこの文章の効果は絶大で、カミュはこの論争に敗北したような印象をもたれました。

いまの時点から見れば、社会主義革命に幻想を抱いていたサルトルやジャンソンより、革命の名のもとにおこなわれる弾圧と殺戮を終始一貫して否定したカミュのほうが歴史の実情を正しく見抜いていたことは確かです。

しかし、当時の人々は、カミュの神話が崩れたと感じたことでしょう。命をかけてナチス・ドイツへの抵抗運動を闘い、『異邦人』と『ペスト』で世界文学の最前線を疾駆した輝かしいヒーローが、歴史への参加を回避し、本ばかり読んで口先だけで反抗を唱える若年寄のように見なされてしまったのです。

また、ボーヴォワールは、カミュの死後に刊行する自伝『事物の力』(一九六三年。邦訳題『或る戦後』)のなかで、『反抗的人間』のカミュは、観念論者、モラリスト、反共主義者で、ブルジョワ的価値にしがみついていた、と酷評することになります。

この時期のカミュの疲弊した気分を端的に表すメモが『手帖』に残されています。

「男も女もみんな僕にむかって、僕を破滅させようとして、絶え間なく自分の分け前を要求し、絶対に、絶対に僕に手を差しのべたりせず、助けにやって来ることもなく、結局、ありのままの僕ゆえに僕を愛してくれることもなく、僕がありのままの自分でありつづけるために僕を愛してくれることもない。みんな僕の精力が無尽蔵だと思いこみ、自分たちにその精力を分けあたえ、養ってくれるべきだと考えているのだ。だが、僕はすべての力を、疲労困憊《こんぱい》する創造という情熱のなかで使いつくしてしまった。だから、ほかのことに関しては、すべての人間のなかでいちばん裸に剝《む》かれ、貧窮している人間なのだ」

その後、カミュはこの年の一一月に「『反抗的人間』の弁護」という文章を書くのですが、結局、これを発表せず、机のなかにしまいこんでしまいます。この文章が公表されたのは、カミュが亡くなって五年後のことでした。

この文章は『反抗的人間』の意図を説明する以上に、「孤独」という問題を扱っています。そして、芸術家が自分は孤独だと思いこむことは過ちであって、どんなに忌まわしい敵であっても、その声に耳を傾けなくてはならない、と結論しています。これはほとんど、カミュが、敵に囲まれた孤独な自分に語り聞かせている言葉だといっていいでしょう。だとするならば、敵や一般読者にむけて公開する必要はない、と考えて発表を断念したのかもしれません。

孤独と演劇への没頭

ジャンソンとサルトルとの論争以降、カミュは文壇の付きあいをできるかぎり避け、まさに孤独のなかに閉じこもっていくように見えます。このころのカミュの心境を描きだす小説として、のちに短編集『追放と王国』(一九五七年)に収録されて発表される「ジョナース」という小説があります。

この小説の主人公はジョナースという画家で、名声を得て以降、知人たちの頻繁な来訪のせいで、絵の制作が遅滞し、それに伴って、絵の売れゆきも悪くなり、創作力も枯渇します。そして、屋根裏部屋に閉じこもって、あれほど望んだ孤独な空間と時間を確保するのですが、結局、仕事はできないままに終わる、というラストを迎えます。

「別の部屋では、ラトー[ジョナースの友人]が、ほとんど真っ白なキャンバスを眺めており、その真ん中には、ジョナースがひどく小さな文字で書いた言葉が読みとれた。だが、それを『孤独[solitaire]』と読むべきか、『連帯[solidaire]』と読むべきかは分からなかった」

カミュの心境もまた、連帯を求めて孤独のなかに宙づりにされていたのでしょう。

ジョナースという名前は、旧約聖書の「ヨナ書」に登場する主人公ヨナのフランス語読みです。神の命に背いて海に投げこまれ、鯨に呑みこまれてその腹のなかに閉じこめられたヨナが、屋根裏部屋に閉じこもって暮らすジョナースの境遇に重ねあわされているのです。

「ジョナース」は、カミュの早すぎる晩年の姿を描く自画像のような、きわめて皮肉な味わいに満ちた短編なのです。

『ペスト』の大成功ののち、小説家としてはめっきり寡作になっていくカミュですが、それとは対照的に、演劇の仕事に力を入れるようになります。『戒厳令』と『正義の人びと』については前章で取りあげましたが、その後のカミュの主な演劇活動をまとめると、以下のようになります。

『十字架への献身』一九五三年六月、アンジェ演劇祭初演。カルデロン作の戯曲、カミュのフランス語訳、マルセル・エランの演出。

『精霊たち』一九五三年六月、アンジェ演劇祭初演。ラリヴェー作の戯曲、カミュの脚色、マルセル・エランの演出（ただし、エランは初演の直前に亡くなるが、生前のエランの依頼により最後の数回の稽古はカミュが監督した）。

『ある臨床例』一九五五年三月、ラ・ブリュイエール座初演。ブッツァーティ作の戯曲、カミュの翻案、ジョルジュ・ヴィタリーの演出。

『尼僧への鎮魂歌』一九五六年九月、マチュラン座初演。フォークナーの小説が原作、カミュの翻案・演出。

『オルメドの騎士』一九五七年六月、アンジェ演劇祭初演。ローペ作の戯曲、カミュの翻訳・演出。

『悪霊』一九五九年一月、アントワーヌ座初演。ドストエフスキーの小説が原作、カミュの翻案・演出。

こうして見ると、オリジナルの戯曲はありませんが、最後の三作では、翻訳や翻案とともに演出もカミュ自身がおこなっており、晩年のカミュは小説家としてよりも演劇人として旺盛な活動をしていました。また、これらの諸作のなかで、『尼僧への鎮魂歌』は大ヒットとなり、上演は六〇〇回をこえて、演劇人としてのカミュの名声を頂点に押しあげます。最後の舞台作品となった『悪霊』もまた成功を収め、当時の文化大臣アンドレ・マルローが観劇に来たこともあって、カミュはパリの劇場の総監督に就任する可能性さえ生まれたのでした。

救いをもたらす太陽と海

さて、一九五三年、『十字架への献身』と『精霊たち』によって、カミュが演劇人としての活動で新たな局面を切り開いたころ、カミュの個人生活は波乱を迎えていました。妻のフランシーヌが鬱状態に陥り、精神科の病院に入院したり、自殺未遂を起こしたりするようになったのです。フランシーヌのこうした状態は翌一九五四年の秋までほぼ一年にわたって続き、カミュは小説の執筆がほとんど不可能になってしまいます。

しかし、同じ一九五四年の春には、書きためたエッセーが『夏』という一冊にまとまります。これは、カミュが一九三九年、二五歳のときに出版した第二作品集『結婚』の続編ともいえる内容の書物で、皮肉にも、鬱を患ったフランシーヌとの暗い生活とは逆に、故郷アルジェリアや南仏などを舞台にして、光と風に満ちた海と太陽への瑞々《みずみず》しい讃歌を謳《うた》いあげるものでした。

本書では何度も、カミュの世界観を決定づける根源的な観念として「不条理」について語ってきました。この『夏』のなかでは、わずか数ページの「謎」という文章が、不条理をテーマに取りあげています。しかし、この「謎」が語る不条理は、『ペスト』においてきわまった世界の否定的なありようを凝縮する不条理ではなく、人間もまたそこに回帰すべき宇宙的な神秘の感覚といえるようなものです。その意味で、カミュの不条理観は、『異邦人』と『ペスト』を経て、『結婚』に表された感覚へぐるりと回帰しているという印象を受けます。カミュは南仏での経験をこう語ります。

「太陽の光の波は、空の頂から落ちて、私たちのまわりの田園に激しく撥ねかえる。この轟音《ごうおん》の前ではすべてが沈黙し、彼方のリュベロン山脈は、私がじっと耳を傾ける沈黙の塊でしかなくなってしまう。私が耳をそばだてると、遠くから誰かが私にむかって走りより、目に見えない友人たちが私に呼びかけ、何年も前と変わらぬ喜びが大きく広がってゆく。私がすべてを理解できるようにと助けてくれるもの、それはまたしても幸福な謎だ。

　世界の不条理はどこにある？　それはこの輝きなのか、それとも輝きの不在の思い出なのか？　これほど豊かな太陽の光を記憶のなかにもちながら、どうして私は世界が無意味にちがいないなどと思うことができたのだろうか？［…］太陽こそが私を助けてくれたのであり、太陽の光がその濃密さによって、宇宙とそのさまざまな形態を、暗い眩暈《めまい》のなかに凝結させてくれたのだ。［…］要するに、不条理について語ることは、ふたたび私たちを太陽へと導くことになるだろう」

この不条理の感覚には、人間を不幸へ突きおとす否定的なニュアンスはありません。強烈な太陽の光のなかで、人間は無化されることにむしろ目くるめく喜びを味わっているのです。かつてカミュが『裏と表』や『結婚』で記した太陽崇拝ともいうべきほとんど宗教的な感覚が、不条理を大いなる宇宙の神秘に変えているのだといえるでしょう。

こうした、ギリシア・ローマの汎神論的自然観に通じるカミュの感性は、太陽とともに愛してやまない海についても、『夏』のなかで示されています。このエッセー集の掉尾《ちょうび》を飾る「まぢかの海（航海日記）」という文章においてです。

この架空の航海日記は、「私は海で育ち、貧困さえも豪奢だったが、その後、海を失い、そのときすべての贅沢は私にとって灰色になり、貧窮は耐えがたいものに思われた」という一文で始まります。そして、想像上の航海の光景をくり広げ、「もし私が、冷たい山々に囲まれ、世界から忘れられ、家族からも見捨てられ、ついに力尽きて死なねばならないとしても、その最期の瞬間、海がやって来て、私の独房を満たし、私を私自身よりも高く支え、私が憎しみなしに死ぬことを助けてくれるだろう」と、来るべき死の情景を描きだします。ここでも、主人公の境遇として、追放され、監禁された囚人のイメージが喚起されますが、そこに救いをもたらすものは、海なのです。

故郷アルジェリアの地中海岸で経験した太陽と海こそが、カミュの最後に回帰していく原風景だといえるでしょう。

「カミュを銃殺しろ！」

ところで、現実のアルジェリアでは空前の争乱が始まろうとしていました。一九五四年一一月一日、キリスト教暦では万聖節と呼ばれる諸聖人を称える祝日に、アルジェリアの独立を目指す組織FLN（民族解放戦線）が、フランスの植民地支配のシンボルである軍事基地、警察、総督府の出張所に一斉に攻撃を仕掛け、武装闘争に踏みきったのです。その後八年間に及ぶアルジェリア戦争の始まりです。カミュは、生きてこの戦争の帰結を見ることはありませんでした。

当然、アルジェリア生まれのフランス人のなかで最大の影響力をもつ作家カミュは、この戦争についての意見を求められます。

カミュの主張ははじめのころから明確で、アルジェリアの独立派とフランスとの戦争は即時停止すべし、というものでした。ただし、アラブ人のみによる民族国家としてのアルジェリアの独立には賛成しませんでした。なぜなら、自分のようにアルジェリアで生まれてアルジェリアを祖国とするフランス人も一〇〇万人以上いるからで、アルジェリアが国家として独立する場合には、アラブ人とフランス人が共存する共和国になるべきだと考えていました。それが不可能ならば、アルジェリアをアラブ人の暮らす領土とフランス人の暮らす領土とに分け、そのふたつの領土を統合する連邦共和国にする可能性さえも模索していたようです。

一九五六年一月、カミュはそのころ協力していた「レクスプレス（急行）」誌で、アルジェリアにおける「市民のための休戦」を提案し、その提案を実行に移すためにアルジェリアにむかいます。そして、アルジェリア人の友人たちの支援を受けて、一月二二日の休戦アピールの集会で演説をおこないます。しかし、集会場の外には、アルジェリア独立に反対する一〇〇〇人ものフランス人の右翼勢力が結集して、「カミュを銃殺しろ！」などという叫びを上げていました。カミュの演説のあいだにもこの叫び声は激しさを増し、ついに投石が始まり、集会場の窓ガラスが割られます。警察が右翼勢力に圧倒されそうだという状況のなかで、カミュは原稿を急いで読みあげ、あとに予定されていた討論をおこなわず、集会は中断されました。

かくして、カミュの休戦にむけてのアピールはほとんど効果を挙げることがありませんでした。主な発言の舞台であった「レクスプレス」誌においても、アルジェリア情勢をめぐって社主のセルバン=シュレベールと衝突し、同誌との関係を断ってしまいます。その結果、今後カミュはアルジェリア戦争に関してほとんど発言しなくなり、この領域でも孤独に閉じこもるようになります。しかし、このアルジェリア問題に関するカミュの沈黙は、ほかの関係者からの強い非難の的となり、カミュの心に重くのしかかるようになっていくのです。

ハーバート・R・ロットマンの『伝記 アルベール・カミュ』には、カミュが若い友人の演出家ジャン・ジリベールに宛てて二月一〇日に書いた手紙のこんな一節が引用されています。

「受けいれなければならない孤独というものがあります。しかし、僕は何年にもわたってこの孤独に逆らってきました。僕は、人と人とを隔てるあらゆるものが恐ろしいからです。いまでも逆らっていますが、求めるものを最小限に抑えようと思うならば、この孤独は避けがたいものです。人は、ありのままの自分を、みんなから愛され、認められたいと思います。でも、それは思春期の若者のような青くさい欲求なのです。遅かれ早かれ、人は老い、裁かれ、断罪されることに同意し、愛からの贈り物（欲望、情愛、友情、連帯）を自分の身には過ぎたものだと認めなければならなくなるのです。道徳など役に立ちません。ただ、真理だけが……つまり、たえず真理を探究しつづけること、あらゆる場所において、真理を見つけたらそれを語り、その真理を生きること、それだけが、人の歩みにたいして、意味と方向をあたえてくれるのです。だが、欺瞞の時代にあっては、真実と虚偽を分かつことを断念しない者は、いわば追放の刑に処せられるのです。しかし、すくなくともこの者は、追放が現在と未来の結合の前提であり、唯一の価値ある刑罰であり、僕らが遂行すべき義務であることを知っています……。僕はアルジェリアから帰ってきたとき、かなり絶望していました。そして、いま起こっていることが僕の確信を固めました。それは、僕にとっての個人的な不幸にすぎないのでしょう。しかし、僕たちはこれに耐えなければなりません。すべてがだめになっていいわけはないのです」

カミュの苦衷が、行間から血の滲《にじ》むように記されています。しかし、アルジェリア戦争の行方は、カミュの望んだ方向には進みませんでした。

第一〇章　早すぎた晩年
——孤独と栄光の果てに

新作『転落』にこめたみずからの苦悩

一九五六年五月、『ペスト』以来九年ぶりとなる小説の新作『転落』が刊行されます。このころ、カミュ自身がもう小説は書けなくなったと親しい友人たちに公言していたため、この新作の発表は驚きに値する出来事でした。

『転落』の出発点にあるのは、『反抗的人間』をきっかけにして起こったサルトルやボーヴォワールなど実存主義者たちとの絶交事件です。一九五四年一二月一四日の『手帖』にはこんな記述があります。

「実存主義。彼らが自分の罪を告白するとき、それはつねに他人を告発するためであるといってまちがいない。彼らは改悛《かいしゅん》した裁判官なのだ」

『転落』の主人公クラマンスは、かつて成功したパリの弁護士でした。しかし、あるとき、セーヌ川にかかるロワイヤル橋で投身自殺しようとする若い娘の姿を目撃しながら、助けようとせず、見捨ててしまいます。その結果、まもなく罪悪感に苛まれるようになり、弁護士という地位から転落し、アムステルダムに流れてきて、酒場にたむろし、相手かまわず話しかけて、自分の身の上を語るようになりました。

『転落』は全編、『異邦人』と同じく、主人公の一人称の語りによって展開しますが、その文体は、かつてロラン・バルトから「無垢のエクリチュール」として賞讃された透明感に満ちたものではなく、ときに自堕落な、ときに野卑な、ときに甘ったれた口調で相手に絡む、これまでのカミュの小説に絶えて見ない独創的な語りかけの口調になっています。『異邦人』の毅然《きぜん》とした主人公の行動や、『ペスト』の叙事詩的な物語の波瀾万丈を期待した読者は大いに裏切られたことでしょう。しかし、これはカミュの新境地として批評家からは好評をもって迎えられました。

クラマンスは自殺者を見捨てたという自分の罪を自覚しています。しかし、そうした罪は多かれ少なかれすべての人間がもっているものであり、罪を自覚しているクラマンスは、その点でほかのすべての罪びとよりも優位に立ち、ほかの人間を告発する権利があると語るのです。自分の罪を改悛することによって、他人の罪を裁く裁判官になったというわけです。

『手帖』のメモから『転落』のドラマが生まれてきたことは明らかです。しかし、『手帖』の記述の力点が、改悛した裁判官である実存主義者への批判にあるのにたいして、『転落』では、クラマンスは単なる批判や風刺の対象ではありません。そこには、いつ自分がクラマンスのような存在に転落するか分からないという、カミュ自身の不安と苦悩が投影されているからです。

クラマンスの人間像は、実存主義者にたいする批判から出発して、現代の大方の知識人たちが陥りがちな自意識の悪循環という普遍的なドラマを描きだすことに成功しています。

そして、じつに興味深いことに、『転落』のラスト近くのクラマンスの告白は、『異邦人』のムルソーの最後の言葉と酷似しているのです。

「そんなわけで、あなた［クラマンスの話の聞き手］が私［クラマンス］を逮捕してくれると、じつに具合がいいんだがなあ。あとのことはたぶん誰かがひき受けてくれるでしょうよ。もしかしたらこの首をはねてくれるかもしれない。そうなればもう死ぬことを怖がらなくてもよくなるから、私は救われる。そしたら、集まった群衆の頭上に、まだあったかい私の首を高く掲げて見せてやってくださいよ。ここにいるのはお前たち自身だって分かるようにね。そうすれば、私が見せしめになって、また連中を支配することができるってわけだ」

『異邦人』のムルソーがある程度までカミュ自身であったのと同様に、『転落』のクラマンスもやはりカミュ自身の投影であると考えることができるのです。自分の敵である実存主義者への批判から出発しながら、カミュはクラマンスのなかに自分の苦悩をきわめて複雑な経路を経て刻みこんでいたのです。そのことはカミュ自身が『転落』の裏表紙に記した説明文にも見られます。

「『転落』のなかで語る男は、計算された告白をおこなっている。〔…〕かくして彼はためらうことなく自分自身を裁くが、それはよりいっそう厳しく他者を裁くためなのだ。自分が自分を眺める鏡を、結局は他者にむけて見せるのだ。／どこで告白が始まり、どこで告発が始まるのか？　この本のなかで語る男は、自分を裁いているのか、自分の時代を裁いているのか？　これは特殊な一例なのか、それとも今日の一般的人間像なのか？　いずれにせよ、この入念に準備された鏡の遊戯のなかには、ただひとつの真実がある。それは苦悩と、苦悩が確実に招きよせるものだ」

この苦悩という主題に関して、もうひとつ特筆しておくべきことは、クラマンスの転落のきっかけとなる若い娘の投身自殺に、カミュの妻フランシーヌが精神を病み、自殺未遂を起こした事件が投影されているということでしょう。人間を裁き、歴史を裁くカミュ自身が、女にだらしない弱い人間として、すぐそばで暮らす妻からつねに裁かれていると感じていたことは大いにありうるからです。

『転落』は、カミュの才能が枯渇したと思っていた人々を驚かせ、よく売れました。

生前最後の小説集『追放と王国』

翌一九五七年三月、カミュの短編小説集『追放と王国』が刊行されます。

ここには、すでに言及した「ジョナース」など六つの短編が含まれています。

この短編集を貫く主題については、本の裏表紙に載せたカミュ自身の紹介文がきわめて明解に語っています。そこでは、「追放」がカミュの現在の生活のありようとして認識されています。「追放」とは、『ペスト』において疫病に襲われたオランの住民たちが最初に直面する不条理の一形式でしたが、いまやカミュは自分がその状態に置かれていると痛切に感じているのです。

「この短編集では、内的独白からリアリズム小説に至る六つの異なった方法で、追放という唯一の主題が扱われている。しかも、これらの短編は、それぞれ別々に着手され、完成されながらも、連続したものとして書かれたのだ。／同じく題名になっている王国に関していえば、それは、最後に再生するために見出されるべき、ある自由で赤裸な人生と一致している。追放は、それなりのやり方で、その人生への道程を私たちに示してくれるが、それは、私たちが隷従と支配をともに拒絶できるという唯一の条件のもとにおいてなのである」

人間は追放状態に置かれている。だが、その孤独に耐え、他者に従う隷従と、他者を従える支配をともに拒否することによってのみ、自由で赤裸《せきら》な人生という王国にむかうことができる。おそらくここに、予期せぬ死を三年後に控えたカミュの最後の倫理的姿勢が示されています。結果的に、『追放と王国』はカミュの生前に刊行された最後の小説集となります。

ここに収録された六編の小説の共通点は、いま引用した文章でカミュ自身が語っているように、主人公たちがことごとくある種の追放状態に置かれて、そこからの脱出を希求しながら、その望みがけっして叶えられないということです。

しかし、この主調音の遍在は、けっしてこの作品集の弱みになってはいません。というのも、全六編がそれぞれまったく異なった主人公の物語を鮮烈かつ切実に描きだし、通読してもまったく単調さを感じさせないからです。言葉づかいの面においても、小説と散文詩のあわいを進むような緊張感に満ちた文体が巧みに保たれ、長編小説の場合には維持するのが難しい詩的な香気を終始漂わせています。これはやはり、カミュの小説が最後に到達した、誰にも模倣できない境地なのだといえるでしょう。

はじめて女性を主人公にした「不貞の女」

とくに私がみごとだと思うのは、冒頭に置かれた「不貞の女」です。

カミュはしばしば女が書けない作家という批判を浴びせられ、じっさい、代表作『ペスト』にはほとんど女性が出てきません。強いていえば、主人公のリューの妻と母がいますが、妻は冒頭ですぐに療養生活に行って姿を消しますし、母は寡黙で控えめで、ほとんど言葉を発しません。

ところが、この「不貞の女」は、カミュが生涯ではじめて女性を主人公にして、このヒロインの精神と身体の変容を細かいひだの隅々まで探るように、生々しく、繊細に描きだしているのです。この短編を読むと、カミュが女を描けないという世評はまったくの誤解であることが分かります。私ははじめてこの短編を読んだとき、ちょうどカミュの急死と前後するようにして、現代女性の特異な心身のありようをクールに描きはじめたミケランジェロ・アントニオーニの映画の先駆であるように感じました。

「不貞の女」のヒロインは、中年のフランス人女性ジャニーヌ。舞台は特定されていませんが、アルジェリアの高地の砂漠のような場所であると推察できます。ジャニーヌは夫のマルセルに従って、その商売上の出張旅行についてきたのです。砂漠というとすぐに暑さを連想するのですが、『追放と王国』に含まれる短編に共通するのは、むしろ寒さです。ジャニーヌも風の寒さに震えます。

彼女は、夫の情熱が金銭であることに気づき、そのことになぜか嫌悪を覚えます。まさにこの夫婦の関係は、アントニオーニの映画に出てくるようなこえがたい深淵を抱えこんでいるのです。夫はジャニーヌに「何を考えているんだ?」と尋ねますが、彼女は何も考えていないのです。

ジャニーヌは、泊まっているホテルの主人に勧められて、夫とともに要塞《ようさい》の屋上に上って砂漠を眺めます。

「あそこ、もっと南のほうの、空と大地が澄みきった線上で触れあっているあの場所、あそこでは、自分が今日まで知らなかった何かが待っている、と突然ジャニーヌには思われた。だが、その何かは相変わらず自分の手には届かないのだ、とも。午後も遅い時間になって、光はやさしく衰えていった。光の結晶が溶けて、液状になっていった。それと同時に、ただの偶然からここに来てしまった女のなかで、歳月と習慣と倦怠が堅く縛りつけた結び目が、ゆっくりとほどけていった」

そして、何もない乾ききった砂漠のなかで家もなくさまよいつつ暮らす遊牧民たちの姿と、その「石の王国」を眺めながらジャニーヌは感慨に耽ります。「石の王国」とは、アルジェリアのサハラ砂漠を旅したときにその荒涼たる土地を指す表現として、カミュが『手帖』に記した言葉でもあります。

「あの人たちは、何も所有しないが、誰にも隷従しない、奇妙な王国の、悲惨で自由な君主たちなのだ。［…］ただひとつジャニーヌが知っているのは、この王国はいつでも自分に約束されていた。しかし、このはかない瞬間を除いて、けっして、二度とふたたび自分のものにはならないだろう、ということだった」

『追放と王国』という作品集のなかで、「王国」という言葉が発されるのは、このときだけです。それほど、追放は普遍的な事態であるのに、王国に達することは稀であり、ほとんど不可能なのだということです。じっさい、この瞬間のジャニーヌは、彼方に王国を望見しながらも、その不可能性を知っています。しかも、仮にこの王国で暮らすことができたとしても、所有や隷従や支配は免れるものの、自由を享受するとともに、悲惨をも耐えしのばなければならないのです。

ジャニーヌの不貞の意味

ジャニーヌは夫とともにホテルに帰り、二〇年以上前からそうしていたように、夫と一緒のベッドで寝《しん》に就きます。しかし、ふと夜中に目が覚めて、ホテルを抜けだし、ふたたび要塞の屋上に上っていき、手摺《す》り壁に身を寄せます。

「ジャニーヌの目の前で、星がひとつひとつ落ちて、それから砂漠の石のなかに消えていく。そのたびにすこしずつ、ジャニーヌは夜に自分を開いていった。彼女は息づき、寒さを、存在の重さを、狂ったり凍りついたりした生活を、生と死の長い不安を忘れていた。

[…] 彼女はふたたび根が生えたように思われた。新たに肉体に樹液が上ってきて、体はもう震えていなかった。下腹全体を手摺り壁に押しつけ、動く空にむかって身を乗りだし、

まだどきどきする心臓が静まり、自分のなかに静寂が満ちるのをただ待った。星座を形づくる最後の星々が、その星の房を砂漠の地平線上のもっと低いところに落とし、動かなくなった。まさにそのとき、こらえきれないやさしさで、液化した夜がジャニーヌを満たしはじめ、寒さを抑えこみ、彼女の体の暗い中心から徐々に上に昇り、絶え間ない波となってその口にまであふれだし、呻《うめ》き声となってほとばしった。次の瞬間、空全体がジャニーヌの上に覆いかぶさって、彼女は冷たい床に倒れ伏した」

この描写には露骨にエロティックな含みがあり、いわば夜の濃密な空気のなかでエクスタシーに達する女の姿が描かれています。ジャニーヌが不貞を犯したとすれば、それは人間の男とではなく、自然に抱かれ、夜と交わったのです。しかし、それはただ一度だけの例外的な経験であり、ジャニーヌはホテルのベッドに寝ている夫のもとに戻り、涙を流すことしかできませんでした。それがこの短編小説の結末です。

『追放と王国』のほかの短編、「背教者」「ものいわぬ人々」「客」「成長する石」などでも、文明世界で追放状態にある人びとが、砂漠のなかの石の国を望んだり、海の彼方の世界を夢想したりしながら、結局、その脱出の願望は宙づりにされるという物語が描かれています。しかし、くり返しますが、各々の作品がそれぞれ個性的な人間たちを多彩な文体で描きだしており、小説の醍醐味を満喫することができます。カミュの小説家としての腕の冴えに感嘆させられるのです。

歓喜なきノーベル賞受賞

そして、同じ一九五七年の一〇月一六日、ノーベル文学賞がカミュに授与されると発表されます。四三歳のカミュはいわば世界文学の頂点に立ったのです。

しかし、先にも述べたとおり、当時のカミュは、自分にはもう小説の執筆はできないという無力感と孤独に苛まれていました。パリのレストランで、かつてのアメリカ人の恋人、パトリシア・ブレイクと食事中だったカミュは、ガリマール社の使者から、自分がノーベル賞を受賞したという知らせを受けて、ひどく動揺し、蒼ざめて、「アンドレ・マルローが受賞するべきだったのに……」と何度もくり返したといいます。

受賞の喜びよりも不安と当惑を示すこの反応は、カミュの本心から出たものでした。というのも、翌一七日と一九日の『手帖』には、こんな記述が見られるからです。

「ノーベル賞。打ちのめされた、憂鬱な、奇妙な気分。二〇歳のときには貧乏で丸裸だったのに、いま真の栄光を知ったのだ。母に知らせた」

「頼んでもいないのに起こってしまったことに怯えている。胸が痛むほど低劣な攻撃に備えなければならないことにも」

一二月七日、カミュは健康上の理由で飛行機旅行を禁じられていたので、パリの北駅から北欧特急に乗り、列車で二晩かけて、一二月九日朝、ストックホルムに到着しました。

翌一〇日がノーベル賞の授賞式で、カミュはこの式上、短いが感動的なスピーチをおこないました。そのハイライトをふたつ紹介しましょう。

「本来、作家とは、いま歴史を作っている人々の役には立てない存在です。歴史に耐えている人々に仕えるものなのです。［…］暴虐な支配者が何百万もの兵隊と全軍を投じても、作家を孤独からひっぱり出すことはできないでしょう［…］しかし、世界のはるか果てで、見も知らぬひとりの囚人が屈辱に耐え沈黙を守っているだけで、作家を追放状態からひき出すには十分なのです。すくなくとも、作家が自由の特権に囲まれていたとしても、この囚人の沈黙を忘れず、その沈黙を自分の芸術の力で世界に響かせることができれば、そのとき作家は追放状態から脱しうるのです」

ここには、孤独と追放に閉じこめられながらも、歴史を作る支配者に沈黙を強いられる弱者への共感によって、その孤独と追放状態から脱することができると考えるカミュの、

アンリ・カルティエ＝ブレッソン（1908-2004）によるカミュのポートレート。1944年、パリ。

文学に託す最後の希望があります。

しかし、カミュは文学者や作家という立場を特権化することはありません。先の囚人の沈黙と同じく、ものいわぬ人々、ものを書かぬ人々の人生こそが、自分という人間を作ったのだと確信しているからです。

「私は、自分がそのなかで育ってきた光、生きることの幸福、自由な人生をただの一度も手放したことはありません。しかし、この過去への執着が、私の多くの過ちや失策の原因であったとしても、たぶんそのおかげで私は自分の仕事をよりよく理解することができたし、いまでも、無条件で、あのものいわぬすべての人々の側に立つことができるのです。これらものいわぬ人々は、束の間の自由な幸福の思い出によって、また、そうした幸福の甦りによってのみ、この世界で彼らにあたえられた人生に耐えているのです」

このものいわぬ人々のイメージの根底にあるのは、耳がよく聞こえず、読み書きができず、ほとんど無言でいたカミュ自身の母の姿でしょう。カミュは自分の小説のなかでほとんどこの母について語ることをしませんでしたが、言葉をなりわいとする自分の作家という仕事について、つねに、自分の言葉は母の沈黙に釣りあう重みをもっているのか、と自問していたように思えます。

カミュが当時執筆中で、突然の死によって未完となった長編小説『最初の人間』は、「けっしてこの本を読めないであろうあなた」、すなわち、カミュの母に捧げられているのです。また、すでに第一章で引用しましたが、断片的な創作ノートには次の一節が見出せます。

「理想としては、この本が初めから終わりまで母に宛てて書かれたならば――そして、最後になってようやく、読者がこの母は字が読めないことを知るならば――そうだ、それこそ理想的だろう」

「青年の不幸は私のものでもある」

さて、一二月一二日、パリへの帰途に就く三日前、カミュはストックホルム大学の学生会館に赴き、学生たちとの自由な討論会に臨みました。ここでひとつの事件が起きたのです。討論の最中にひとりのアラブ人の青年が立ちあがって、カミュの立つ演壇近くにまで詰めより、カミュは東欧の政治問題には介入するのに、なぜアルジェリアの独立に関しては沈黙を守り、行動しないのか、と大声を上げたのです。

これに対してカミュはこう答えました。自分はかつてアラブ人を弁護したためにアルジェリアを追放された唯一のフランス人の新聞記者だった。しかし、いま独立への賛成と反対の両陣営のあいだで不和と憎悪が激しくなり、私のような知識人の発言はいずれにしても事態を悪化させることにしかならないので発言を控えてきた。しかし、私はあなたの知らないアルジェリアの同志の命を救うためにひそかに行動したこともある。だが、そんなことをいまここで話さなければならないのはなんとも不愉快なことだ。こう説明してから、カミュは次のように締めくくりました。

「私はつねにテロを糾弾してきました。だから、たとえばアルジェの街頭で無差別におこなわれるテロ行為も糾弾しなければなりません。そのテロがいつか私の母や家族を襲うかもしれないからです。私は正義を信じます。だが、正義より前に、私の母を守るでしょう」

この言葉は会場では拍手に包まれましたが、アルジェリア独立を支持する人々や左翼知識人はカミュを帝国主義的植民地支配に加担し、民族独立を妨げる、アルジェリアに対する裏切り者だと非難しました。母を守るというカミュの主張は、センチメンタルな屁理屈だとしか見られなかったのです。

のちにカミュは、このストックホルムの学生会館での事件を報道した「ル・モンド」紙の編集長に宛てて手紙を書き、この事件をひき起こしたアルジェリア人の青年について、こう語りました。

「私は、アルジェリアのことを知らないくせにアルジェリアについて語りたがる多くのフランス人よりも、あの青年のほうを身近に感じているのです。あの青年は、自分が何について話しているかを知っていましたし、彼の顔には憎悪ではなく、絶望と不幸が浮かんでいました。あの青年の不幸は私のものでもあります。彼の顔こそ私の祖国の顔なのです」

それゆえカミュは、アルジェリアに関してこれまで公表しなかった個人的な事情を青年に説明する気になったとこの手紙を結んでいます。しかし、いずれにしても、カミュはふたたび沈黙に閉じこもるほかなかったのです。

孤独との闘い、そして突然の死

スウェーデンから帰国後、カミュは重い不安神経症に見舞われます。そんななかで、偶然パリのカフェで出会ったデンマーク人の若い女子学生と新たな恋を実らせ、徐々に不安神経症から抜けだします。この女性はカミュの『手帖』のなかにMiというイニシャルでたびたび登場します。

翌一九五八年の三月から四月にかけてカミュはアルジェリアに行き、母に再会します。このときのアルジェ訪問に関して、オリヴィエ・トッドの『アルベール・カミュ ある一生』に愉快な挿話が紹介されています。カミュがむかしよく行き来したアルジェの下町のリヨン通りを歩いているとき、旧知の配管工に出会いました。この配管工は、世界中で有名になったノーベル賞作家に、こう声をかけてきたのです。

「おや、アルベール、その後どうした? いまは何をしてるんだい?」

カミュはこの言葉を聞いて大喜びしたと伝えられています。

また、同年六月には、マリア・カザレスおよびミシェルとジャニーヌのガリマール夫妻と一カ月近くに及ぶギリシア旅行にも出かけ、クルージングを楽しみます。

さらに、妻フランシーヌと子供たちといっしょに南仏に行き、マルセイユから五〇キロほどの村ルールマランで、気に入った家を見つけ、その後まもなく、この住宅を終《つい》の住処《すみか》として購入することになります。一九五八年九月三〇日の『手帖』にはこんな記述が見られます。

「ルールマランの家を購入。それから、Miに会うためにサン＝ジャンにむかって出発。ブドウの収穫の香りのなかを横切って、胸を高鳴らせながら、何百キロも突っ走る。そして、泡立つ大海原に到着。体をひりひりと洗い流す長い波のような快楽。翌朝パリにむかって出発し、松林のなかのバラ色に花咲くヒースの野を抜ける。さらに一二時間ハンドルを握り、パリ着」

ということは、南仏でルールマランの家を購入したあと、車でピレネー山脈沿いに太平洋岸まで行き、バスク地方の海浜リゾートとして有名なサン＝ジャン＝ド＝リューズでMiと落ちあい、一泊したあと、いっしょにパリまで車で帰ってきたということでしょうか。まるで若い青年のような情熱に驚かされてしまいます。

しかし、カミュの鬱屈が解消されたわけではありません。ゲーテの『ファウスト』で最後に主人公を訪れる「憂い」のように、この鬱屈は隙あらばカミュを捉えて、苦しめます。次の『手帖』の記述は、翌一九五九年四月のものです。

「僕は何年ものあいだ、みんなと同じモラルに従って生きようとしてきた。[…] そのあげく、破局がやって来たのだ。いま僕は廃墟のなかをさまよい、守るべき規則もなく、ひき裂かれ、孤独で、孤独であることを受け入れ、自分の異常さと欠陥とをもはや諦めている。しかし、本当は真実を組みたて直すべきなのだ——自分の全人生をいわば虚偽のなかで生きたあとに」

それでも、この一九五九年は、カミュが最後の情熱を傾けた、ドストエフスキー原作、自らの翻案・演出による『悪霊』の初演とともに始まって、比較的平穏な一年だったといえるでしょう。

この年の一一月には思いがけない仕事の依頼が飛びこみます。マルグリット・デュラスの小説『モデラート・カンタービレ』(一九五八年)が監督ピーター・ブルック、主演ジャンヌ・モローで映画化されることになり、カミュにモローの相手役を務めてもらえないかという打診があったのです。カミュは大いに乗り気で、ブルックと直接話しあいもしたのですが、執筆中の長編小説『最初の人間』を優先させて、泣く泣く断りました。当初、カ

惨劇を物語る一枚。カミュの人生は悲劇的な最期を迎えた。

ミュを想定していた男の役は、ジャン＝ポール・ベルモンドがひき受けました（日本公開題名『雨のしのび逢い』）。カミュはのちのちまでこのことを残念がったといいます。

そして、翌一九六〇年一月、唐突な終わりが訪れます。カミュの一家は、ガリマール夫妻に、この年の新年をルールマランの家でいっしょに過ごそうと提案し、ミシェルとジャニーヌと娘のアンヌがルールマランにやって来ます。ともに新年を過ごしたあと、カミュの妻のフランシーヌと双子の子供のジャンとカトリーヌはひと足先に列車でパリに帰りました。

翌一月三日の朝、カミュは、ガリマール夫妻と彼らの娘アンヌ、そしてガリマール夫妻の愛犬のスカイ・テリアとともに、ミシェルの運転する高級車ファセル・ヴェガに乗りこみ、パリにむかいます。途中ホテルで一泊したのち、翌四日、パリを目前にしたヴィルブルヴァンの村の路上で、事故が起こります。車は道路脇のプラタナスの立ち木に激突して、カミュは後部ガラスに頭を突っこみ、頭蓋骨が割れ、首が折れて即死でした。車のダッシュボードの時計は、午後一時五四分で止まっていました。

運転していたミシェル・ガリマールも重症を負い、五日後に死亡しますが、ジャニーヌと娘のアンヌは奇跡的に軽傷でした。ガリマール夫妻の愛犬のスカイ・テリアは現場からいなくなっていました……。

アルベール・カミュ、享年四六という若さでした。愛用の鞄が事故現場近くの畑のなかに放りだされてあり、そこには執筆中の『最初の人間』の原稿が入っていました。

一月六日の葬儀ののち、カミュの遺体はルールマランの墓地に埋葬されました。

あとがき

私がはじめてアルベール・カミュの小説を読んだのは、もう半世紀以上も前の、中学生のときでした。ものは新潮文庫の『異邦人』で、窪田啓作訳のカッコいい冒頭、「きょう、ママンが死んだ」に頭をガツンとやられ、あっというまにカミュのファンになりました。いや、もっと正直にいえば、主人公ムルソーに魅せられてしまったのです。その前にはスタンダールの『赤と黒』（一八三〇年）のジュリアン・ソレルが文学的アイドルだったのですが、いきなり異邦人ムルソーがそれにとって代わりました。ほぼ同じころにジャン＝リュック・ゴダール監督の『気狂いピエロ』（一九六五年）にも夢中になっていたので、私のなかでは『気狂いピエロ』の主人公フェルディナンとムルソーとが交じりあう感じで、理想のヒーロー像を作りだしていたような気がします。それから、『シジフォスの神話』（矢内原伊作訳、新潮文庫。格調高い名訳です）や『ペスト』を読み、『反抗的人間』にも大きな影響を受けました（とくに革命家サン＝ジュストのくだり）。

そうして主な作品は邦訳で読んだのですが、いつのまにかカミュは青春の一ページを飾るような思い出の作家となり、その後、フランス語を学んでから、『異邦人』をはじめとしていくつかの作品を読みかえし、カミュの原文の、結晶のような硬質さとたゆみないスピード感にはあらためて感嘆したものの、もうあの若い時代の熱狂ははるかに遠いものに感じられていました。

そんな気持ちががらりと変わったのは、このたび本書とほぼ同時に発売されますが、『ペスト』の新訳を依頼されたときからです。『ペスト』をフランス語の原文で読みなおし、日本語にしているうちに、これは世界文学史に残る途方もない古典なのだという思いがどんどん強まり、ほかのカミュの作品も再読し、未読だったものにも手を伸ばすようになりました。

ちょうどそんなおり、友人のフランス文学者・野崎歓氏の紹介で、「まえがき」にも書いたようにNHKの番組「一〇〇分 de 名著」で『ペスト』を解説する仕事に招かれ、ますますカミュの作品の奥深さを感じるようになりました。

そして、「一〇〇分 de 名著」の『ペスト』の解説を見て、カミュの評伝を書いてみないかと誘ってくれたのが、椛島良介氏と佐藤信夫氏です。

椛島氏は、荒木飛呂彦の『ジョジョの奇妙な冒険』の育ての親として知られる編集者ですが、私と中学・高校時代をともにした畏友《いゆう》でもあり、集英社新書で『フランス映画史の誘惑』という本を作ってくれました。今回もカミュの人生と作品について自由に書いてほしいというありがたい依頼をしてくれ、私は『ペスト』新訳の勢いもあってふたつ返事で承知したのでした。

　このカミュの評伝の執筆を実現可能な軌道に乗せてくれたのが、季刊文化誌『ｋｏｔｏｂａ』の現編集長・佐藤信夫氏です。佐藤氏は『ｋｏｔｏｂａ』に連載の場を提供してくれたうえ、資料収集や原稿の整理など、あらゆる側面から執筆の援助を図ってくれました。佐藤氏の細やかな助力がなければ本書が日の目を見ることはなかったでしょう。この場を借りて、佐藤氏と椛島氏にお礼を申しあげます。

　椛島氏と佐藤氏の励ましで連載を始めた当初は、カミュの人生を時間的順序に基づいてたどりながら、そこに適宜、作品の解説をちりばめていけば、おのずから評伝になるだろうと思っていました。ところが、連載を続けるなかでコロナ禍となり、これも「まえがき」に記したことですが、カミュという文学者の思想の深さ、その射程距離の遠大さに目覚めさせられていったのです。

『ｋｏｔｏｂａ』での連載時には、「不条理に抗して生きるために」という副題が掲げられていました。これは佐藤信夫氏の発案になるものですが、カミュの思想を語るとき、あまりにも人口に膾炙《かいしゃ》しすぎたこの「不条理」という概念を、本書ではカミュの人生に即して新たに探りなおすことによって、カミュの思想の全体像を浮かびあがらせることができたと自負しています。

また、カミュ個人の文学的達成をこえて、近代哲学・文学史の展望のなかにカミュの思想を位置づける点においても、本書は新たな視角を切り開くことができたと思っています。

カミュはしばしばサルトルと並んで実存主義の代表者とされてきましたが、サルトルが「実存主義はヒューマニズムである」と宣言したのとは正反対に、カミュは一貫してヒューマニズム（人間中心主義）の根源的な批判者でした。その意味で、サルトルと論争して構造主義的な思考を提唱したレヴィ＝ストロースなどの営為の先駆者ともいえるのです。

カミュは『ペスト』で、あらゆる不条理の象徴である病という天災を描きだしましたが、天災とは、人間中心主義的な考えかたに対置される世界の不条理による警告です。『ペスト』は、人間から自由を奪い、死と苦痛と不幸をもたらす不条理との闘いを描いていますが、それは、世界は人間のものではないという痛烈なメッセージでもあります。自然の乱開発が生んだコロナ禍のいまこそ、カミュの思想はいっそうのアクチュアリティと切迫感をもって、人間と世界の未来を照らしだしているといえるでしょう。

中条省平

二〇二一年六月

主要参考文献

◆『Albert Camus, Œuvres complètes, tome I-IV, Gallimard, Bibliothèque de la Pléiade, 2006, 2008.
◆Albert Camus et Maria Casarès, Correspondance(1944-1959), Gallimard, 2017.
◆Simone de Beauvoir, Mémoires, tome I, Gallimard, Bibliothèque de la Pléiade, 2018.
◆Maurice Blanchot, Faux pas, Gallimard, 1943.
◆Catherine Camus, Albert Camus : Solitude & Solidarity, Edition Olms, 2012.
◆Roger Grenier, Album Camus, Gallimard, Bibliothèque de la Pléiade, 1982.
◆Herbert R. Lottman, Albert Camus: A Biography, Gingko Press, 1997.
◆Daniel Rondeau, Albert Camus ou les Promesses de la vie, Editions Mengès, 2010.
◆Jean-Paul Sartre, Situation I, Gallimard, 1947.
◆Jean-Paul Sartre, Situation IV, Gallimard, 1964.
◆Olivier Todd, Albert Camus, une vie, Gallimard, 1996.
◆『カミュ全集』全10巻、新潮社、1972～1973年
◆『カミュの手帖　1935-1959[全]』大久保敏彦訳、新潮社、1992年
◆アルベール・カミュ『最初の人間』大久保敏彦訳、新潮文庫、2012年
◆カミュ／サルトル他『革命か反抗か―カミュ＝サルトル論争』佐藤朔訳、新潮文庫、1969年
◆ハーバート・R・ロットマン『伝記 アルベール・カミュ』大久保敏彦・石崎晴已訳、清水弘文堂、1982年
◆オリヴィエ・トッド『アルベール・カミュ ある一生』上・下巻、有田英也・稲田晴年訳、毎日新聞社、2001年
◆スエトニウス『ローマ皇帝伝』下、国原吉之助訳、岩波文庫、1986年
◆内田樹『ためらいの倫理学』角川文庫、2003年
◆三島由紀夫『三島由紀夫評論全集』新潮社、1966年
◆山田風太郎『明治波濤歌』上、ちくま文庫、1997年

写真

◆PPS通信社

※本書は集英社クォータリー『kotoba』2019年春号から、2021年春号にわたって連載された「アルベール・カミュ―不条理に抗して生きるために―」に加筆・修正をしたものです。

中条省平《ちゅうじょうしょうへい》

フランス文学者。一九五四年、神奈川県生まれ。学習院大学文学部フランス語圏文化学科教授。パリ大学文学博士。フランス文学の評論・翻訳をはじめとして、映画、マンガなどの分野でも執筆を続ける。『フランス映画史の誘惑』(集英社新書)、『マンガの論点』『世界一簡単なフランス語の本』(共に幻冬舎新書)、『人間とは何か 偏愛的フランス文学作家論』(講談社)など多数の著書がある。

インターナショナル新書〇七八

カミュ伝《でん》

二〇二一年八月一二日 第一刷発行

著者 中条省平《ちゅうじょうしょうへい》
発行者 岩瀬 朗
発行所 株式会社 集英社インターナショナル
〒一〇一-〇〇六四 東京都千代田区神田猿楽町一-五-一八
電話 〇三-五二一一-二六三〇
発売所 株式会社 集英社
〒一〇一-八〇五〇 東京都千代田区一ツ橋二-五-一〇
電話 〇三-三二三〇-六〇八〇(読者係)
〇三-三二三〇-六三九三(販売部)書店専用
装幀 アルビレオ
印刷所 大日本印刷株式会社
製本所 大日本印刷株式会社

©2021 Chujo Shohei Printed in Japan ISBN978-4-7976-8078-2 C0223

定価はカバーに表示してあります。

造本には十分に注意しておりますが、乱丁・落丁(本のページ順序の間違いや抜け落ち)の場合はお取り替えいたします。購入された書店名を明記して集英社読者係宛にお送りください。送料は小社負担でお取り替えいたします。ただし、古書店で購入したものについてはお取り替えできません。

無断で複写・複製することは法律で認められた場合を除き、著作権の侵害となります。また、業者など、読者本人以外による本書のデジタル化は、いかなる場合でも一切認められませんのでご注意ください。

インターナショナル新書

077
アルキメデスの驚異の発想法
数学と軍事
上垣 渉

数学や物理学の理論を「軍事兵器」に活かす実現力と、天秤などのような機械学の知識を「数学」の理論へ活かす応用力を併せ持ったアルキメデス。その生涯を追いながら、豊かな発想力の根源に迫る。

079
あなたを救う培養幹細胞治療
辻 晋作

次世代成長戦略のひとつとして実用化が促進され、身近な治療となりつつある再生医療。なかでも注目されているのが培養幹細胞治療だ。そのトップランナーが語る、再生医療の最前線と今後の展望。

080
DX時代に考えるシン・インターネット
村井 純
竹中直純

新創設、デジタル庁がやるべきことは?「日本のインターネットの父」と「天才プログラマー」が、この国のデジタルの過去と未来、その「かたち」について語り尽くす。インターネットの未来はどっちだ!?

081
しごと放浪記
自分の仕事を見つけたい人のために
森まゆみ

編集者、地域雑誌『谷根千』発行人、書き手として今に至るフリーランスの日々。仕事の一本道、脇道、遠回りの道。思いがけない妊娠、出産、育児を抱え女の人生は割り切れない。切り開いてきた「しごと放浪」の道を自伝的に語る。